TABLE DES MATIÈRES

UNE DANSE VIRGINALE

UNE ROMANCE DE MILLIARDAIRE

CAMILE DENEUVE

Publishe en France par:
Camile Deneuve

©Copyright 2021

ISBN: 978-1-64808-989-3

 Réalisé avec Vellum

Cela m'a prise par surprise, mais maintenant je n'arrête pas de penser à lui.

Pilot Scamo. Photographe de renommée mondiale. Milliardaire. Homme beau à tomber. Homme brisé. Il a presque deux fois mon âge, mais je n'ai jamais ressenti cette connexion auparavant... Je la ressens partout, dans mon cœur, dans ma tête, dans mon corps. Je ressens une décharge électrique quand il me touche, m'embrasse, quand il me fait l'amour avec passion. Il est enivrant et tout ce que je veux maintenant c'est le tenir dans mes bras, le protéger, l'aimer.

Vont-ils nous laisser faire ? Nous avons tous les deux une histoire si sombre, tant de gens contre nous. Je me battrai pour toi, Pilot, même si ça me coûte tout... Je me battrai pour toi...

Ce livre est un roman complet avec une fin heureuse, pas de cliffhanger et beaucoup de scènes chaudes. Contenu bonus exclusif inclus.

Dans le monde impitoyable du ballet contemporain, la jeune première danseuse Boheme Dali est déjà une pionnière : c'est la première femme amérindienne à devenir danseuse étoile d'une grande compagnie de ballet new-yorkaise. Boh cache son passé tragique en travaillant sans relâche pour devenir danseuse étoile et laisser sa marque dans le monde.

Mais lorsque le photographe de renommée mondiale Pilot Scamo, héritier d'une immense fortune, entre dans sa vie, elle découvre une âme sœur et un partenaire créatif pas comme les autres.

Une relation passionnante et sensuelle commence lorsque Boh et Pilot commencent à travailler sur un projet qui leur apportera à la fois gloire et renommée, mais au centre de tout cela se trouvent deux personnes, toutes deux brisées et blessées, qui découvrent quelque chose de beau.

Très vite, des forces sombres tournent autour du couple heureux et des événements tragiques et horribles menacent de détruire leur bonheur. L'amour de Boh et Pilot peut-il survivre à tout ce qui se passe contre eux et peuvent-ils trouver leur bonheur pour toujours ?

~

New York

Septembre

Elle se tenait sur le toit, regardant le flot de diamants et de perles, les feux avant et arrière des voitures qui circulaient dans les rues de Manhattan. Elle aimait la façon dont elles bougeaient sous elle comme un déluge de scintillements, comme les lumières du théâtre clignotaient quand elle dansait.

Elle frotta ses pieds le long du mur de béton qui entourait le toit. Ça avait été si facile de monter jusqu'ici. Elle souriait. Normalement, la hauteur lui donnait mal au ventre et faisait trembler ses jambes, mais pas ce soir. Non, ce soir, c'était une performance maîtrisée, et elle était prête. Elle se tenait *sur les pointes*, prête à commencer alors que la musique dans sa tête commençait à jouer.

Glissade, jeté, pas de bourrée, brisé. Le long du mur jusqu'au coin opposé du bâtiment. Elle avait choisi cet immeuble en raison de son importance pour elle. Pour *lui*. Elle aurait pu se rendre dans le bâtiment de la compagnie de ballet à Tribeca, mais non, cet immeuble était son choix pour sa dernière performance.

Dans cet immeuble, trois étages plus bas, *il* baisait sa dernière pute. Elle avait compté – c'était sa sixième depuis le divorce, depuis qu'il l'avait laissée sans rien. *Va te faire foutre, Kristof, va te faire foutre.* Elle avait aimé poster la lettre au *New York Times*, détaillant les mauvais traitements que lui avait fait subir Kristof, la drogue, les flirts. *Qu'il aille se faire foutre, lui et cette compagnie de ballet.* C'était l'étoile, elle serait *toujours* l'étoile...

Elle se tenait, *sur la pointe*, à l'angle du mur, et étendit les bras avec grâce, les doigts parfaitement placés, se préparant pour son *grand jeté.*

Le grand saut.
Elle sourit, fléchit les genoux et sauta.

1

NEW YORK

UN AN PLUS TARD

Pilot Scamo ferma les yeux et compta jusqu'à dix, voulant que son téléphone cesse de sonner. *Ne cède pas, ne réponds pas au téléphone.* À son grand soulagement, le téléphone se tut et il soupira.

Levant les yeux levés, il vit des jeunes femmes à une table qui le fixaient et ricanaient. Il leur sourit et, un instant plus tard, l'une d'elles osa venir.

« M. Scamo ? »

Il se leva et serra la main de la jeune femme. « Bonjour. » Elle rougit de plaisir. Il posa pour un selfie avec elle et signa son bloc-notes, elle le remercia et retourna à sa table.

Il était habitué à l'attention, son nom était maintenant bien connu dans les cercles des stars, grâce à sa maîtrise de l'appareil-photo.

Pilot Scamo, le fils d'un banquier italien milliardaire et d'une féministe américaine, avait presque quarante ans maintenant, mais l'âge n'avait pas flétri son allure incroyable : ses yeux vert intense, son teint olive foncé et sa frange indisciplinée de boucles sauvages et sombres faisaient qu'il était de l'herbe à chat pour les femmes – et les hommes – et les gens pensaient que c'était un coureur.

Son ex-femme pensait toujours qu'il baisait les mannequins et les stars qu'il prenait en photo pour *Vogue* et *Cosmo* et elle avait donc eu une myriade d'amants pendant leur mariage de quinze ans. Pilot ? Pas une seule fois. Il avait été fidèle à Eugénie, alors même qu'elle se frayait un chemin à travers les maris de ses amis de l'Upper East Side, puis *ses* amis, *ses* collègues... même son ex-meilleur ami Wally. Wally avait sombré dans l'alcool et été dévasté par la suite, mais Génie avait ri au nez de Pilot.

Sa propre façon de l'aimer était sa cruauté.

Mais, même maintenant, trois ans après en avoir eu assez et avoir finalement divorcé de Génie, elle le gardait toujours en laisse, en utilisant sa nature de gentil contre lui, jouant toujours la victime, déchaînant son côté narcissique. Elle avait été désespérée de s'accrocher à lui, fière d'être au bras de ce bel homme, envie de toute femme.

Sa dépendance à la cocaïne était devenue incontrôlable, et maintenant la blonde aux cheveux fins se dirigeait vers une sorte de crise. *Mais que Dieu me vienne en aide, je ne peux pas en faire partie*, pensa Pilot maintenant. Il se frotta les yeux et vérifia sa montre. Nelly était en retard, bien sûr. Sa vieille amie de fac, aujourd'hui publicitaire pour l'une des plus prestigieuses compagnies de ballet des États-Unis, était irrévérencieuse, une vraie commère et tout le contraire de Génie – les deux femmes se détestaient et ne se le cachaient pas, alors il n'avait pas vu Nelly pendant presque sept ans. Quand elle l'avait appelé, d'un coup, et organisé un déjeuner au Gotan sur Franklin Street, Pilot avait été ravi.

Il la voyait maintenant en train de passer la porte, son sac en bandoulière renversant un verre sur une table, son rire sonore alors qu'elle s'excusait auprès du serveur qui était venu l'aider. Pilot sourit en regardant Nelly charmer le jeune homme, puis elle prit Pilot dans ses bras. « Beau garçon, comment vas-tu ? »

Pilot embrassa sa joue. « Je vais bien, merci, Nel. Content de te revoir. »

Ils s'assirent et Nelly déroula son écharpe de son cou, le regardant attentivement. « Tu as l'air stressé. La Maléfique t'embête encore jour et nuit ? »

Cela fit rire Pilot. Le mépris de Nelly pour Eugénie était mordant et hilarant – ou le serait si elle ne tombait pas juste. « Tu connais Génie.

– Malheureusement. » Nelly grimaça. « Elle s'est présentée à l'une des soirées caritatives de la compagnie l'autre jour avec un mec qui aurait pu être ton mini-toi. »

Un malaise s'installa chez Pilot. *Vraiment, Génie, vraiment ?* Nelly remarqua son expression et la sienne s'adoucit. « Pour ce que ça vaut, elle était la risée de tous.

– Ça n'aide pas. » Pilot se força à sourire. « Mais revenons à toi. C'est si bon de te revoir, Nel. »

Elle se pencha et lui serra la main. « Toi aussi, Pil. Mon Dieu, tu deviens de plus en plus beau chaque année – si seulement j'étais née hétéro, je te prendrais de côté. »

Pilot ricana. « De côté ? Comment ça marcherait exactement ?

– Tu oses me poser la question ? » Nelly sourit. « Comment ça va, le travail ? »

Le sourire de Pilot s'estompa. « Doucement. J'ai une exposition au MOMA, au profit de la *Fondation Quilla Chen*... Grady Mallory me l'a offerte sur un plateau, mais je n'ai rien. Rien du tout. » Il se tapa la tête. « Rien ne se passe ici, il n'y a pas de peps. Je passe mes journées à errer dans la ville, espérant que quelque chose va déclencher une idée.

– Clochard. »

Pilot sourit. « Clochard sans cervelle, en ce moment.

– Eh bien, je peux peut-être t'aider. »

Ils furent interrompus par le serveur qui prit leur commande : du fromage grillé pour Pilot, un sandwich chou-fleur et tahini pour Nelly, végétarienne depuis toujours. Pilot but une gorgée de café en levant les sourcils vers Nelly. « Alors ?

– La Compagnie est en difficulté », dit-elle d'un ton neutre. « Depuis le suicide d'Oona et les conneries sur Kristof dans les journaux, notre financement a considérablement chuté.

– J'ai lu ça... alors ce truc sur Kristof n'est pas vrai ?

– Oh, si ! » Nelly secoua la tête : « *Tout* est vrai. C'est un junkie et un connard, mais c'est aussi un directeur artistique de génie. Vraiment, il ne pourrait être plus cliché s'il essayait, mais Oliver Fortuna est déterminé à le garder.

– Qui est Fortuna ? »

Nelly sourit. « Notre fondateur. Que Dieu le bénisse, il est merveilleux, et il est très loyal. » Elle soupira. « Trop loyal, parfois. Bref, je m'écarte du sujet. Nous parlions des moyens d'améliorer notre image sans faire référence au passé de Kristof, et une exposition photographique de nos danseurs, réalisée par l'un des meilleurs photographes au monde – toi – serait un bon début, puis nous travaillons à une grande performance d'une œuvre, appelée *La Petite Mort*. Kristof est en train de la monter – ce sont des extraits de ballets érotiques, avec un côté sombre. »

Pilot hochait la tête, mais il n'était pas enthousiaste. « Je suis heureux d'aider, mais ça a déjà été fait, et même récemment.

– Attends de voir nos danseurs – il y en a un ou deux qui transcendent le corps de ballet. C'est tout ce que je vais te dire, parce que je veux que tu trouves ta muse dans notre compagnie. Pilot, tu es la première personne à qui j'ai pensé pour ça – je t'ai vu avoir ce reflet dans les yeux quand quelque chose ou quelqu'un t'inspire. » Elle lui serra la joue en souriant. « Fais-moi confiance – tu la trouveras au NYSMBC. »

PLUS TARD, alors qu'il rentrait chez lui, il s'interrogea sur ce travail. The New York State and Metropolitan Ballet Company. Il en savait très peu sur la danse, mais Nelly avait été leur responsable de communication pendant de nombreuses années, et il leur avait parfois photographié leurs spectacles.

Kristof Mendelev était une autre affaire : les rapports de Pilot avec cet homme avaient toujours été négatifs – Mendelev avait été l'un des nombreux amants d'Eugénie et il s'en était vanté chaque fois que Pilot avait été à une de leurs actions – il savait que l'ex-danseur de ballet était détesté par ses collègues, mais comme Nelly le lui avait dit, Kristof était un génie sur scène. Reconnu par toutes les grandes compagnies de ballet du monde entier, Kristof connaissait sa valeur.

« C'est à cause de lui qu'on a du mal à gagner de l'argent », avait dit Nelly à Pilot. « Son salaire a six chiffres, mais il doit se soumettre à des tests de dépistage hebdomadaires. C'est la seule condition inviolable pour son emploi. Pour l'instant, il est clean. »

Pilot avait dit à Nelly qu'il serait heureux de photographier les danseurs pour la compagnie, mais il ne croyait pas que ce serait la clé pour débloquer son inspiration... Quand il rentra, il écouta ses messages vocaux. Grady Mallory, prenant juste des nouvelles. Pilot effaça ce message avec culpabilité. Un message de sa mère, Blair, lui demandant de l'appeler. Trois de sa demi-sœur cadette Ramona, elle-même photographe prometteuse, et enfin, sept messages d'Eugénie, chacun plus hystérique que le précédent.

Ne lui cède pas. Ne la rappelle pas.

Pilot soupira et parcourut ses contacts, appuyant sur le bouton pour appeler. Au bout d'une seconde, il entendit sa voix et sourit. « Salut, petite sœur », dit-il, son ton chaleureux et aimant, « qu'est-ce qui se passe ? »

CHAPITRE DEUX

Boheme Dali tapa ses chaussons contre le mur de pierre, en essayant de les casser. Elle pensait qu'elle l'avait fait la veille, des heures de pliage et d'étirement des chaussons, mais, comme toujours avec de nouveaux chaussons, ils avaient détruit ses pieds après seulement un cours de ballet.

Elle leva les yeux alors qu'une voix féminine appelait son nom et sourit. Grace Hardacre, l'une des artistes invitées cette année, vint s'asseoir près d'elle dans le couloir devant le studio. « Salut Boh.

– Salut ! Comment se passe le mentorat ? » Grace servait de mentor à un apprenti de la compagnie de ballet, en plus de danser avec eux.

Grace sourit. « Lexie est incroyable », dit-elle chaleureusement, « et une véritable éponge. Je lui dis une chose et elle comprend. »

Bohème sourit. Elle se souvenait de ce que c'était que d'être une apprentie, même si elle avait du talent ; elle était toujours mise à l'épreuve par sa tutrice, Céline Peletier, une ancienne danseuse étoile, qui était maintenant sa championne et une enseignante formidable dans la compagnie. Cela avait fait d'elle la danseuse qu'elle était aujourd'hui.

Grace fit un signe de tête en direction de ses chaussons. « La seule constante dans le ballet – des chaussons douloureux. Des neufs ?

– Ouaip. » Bohème grimaça alors qu'elle vit du sang dans l'emplacement où elle mettait ses doigts de pieds. « Mon Dieu, *Liquid Skin*, j'arrive. » Elle sortit le tube de pansement liquide de son sac.

Grace avait l'air compatissante. « Aïe. »

Bohème haussa les épaules. « Mais nécessaire. Bref, qu'est-ce qui t'amène ici ? » Elle inspira en appliquant le liquide sur ses orteils.

« Le crétin veut me voir à propos de l'atelier. Je crois qu'il veut que je sois de son côté pour les ballets qu'il veut faire.

– Ah. Ils se battent toujours pour *La leçon* ?

– Ouais. Liz pense que c'est misogyne et trop violent, alors que Kristof dit que c'est le but de son histoire de sexe et de mort. »

Bohème leva les yeux au ciel. « Je déteste dire ça, mais je comprends ce qu'il veut dire. » Elle se pencha aussi loin qu'elle le put et souffla sur ses orteils.

« Moi aussi, mais Liz soutient que *Mayerling* ou *La Sylphide* sont sur le même terrain.

– Elle a raison, mais n'est-ce pas le but de cet atelier ? On fait trois extraits de trois histoires différentes. » Boh soupira. « Peu importe. Ce n'est pas comme si nous n'avions pas beaucoup de ballets tragiques dans lesquels piocher. Même si je dois admettre que je suis soulagée de ne plus avoir à faire *Roméo et Juliette*. »

Grace gloussa. « Tu l'as toujours détesté. Les gens l'adorent.

– Ce n'est pas une histoire d'amour, » dit Boh, « c'est une stupide histoire d'adolescents angoissés.

– Béotienne.

– Ennuyeux. »

Elles rirent toutes deux et Grace aida Boh à se relever. « Viens, allons manger quelque chose avant de rentrer à la maison. »

Boh et Grace partageaient un appartement sans ascenseur à Brooklyn et l'avaient fait depuis qu'elles faisaient toutes deux partie du *corps de ballet*. Maintenant qu'elles étaient toutes deux danseuses seniors, elles auraient chacune pu se payer son propre appartement, mais elles aimaient vivre ensemble et ne voyaient aucune raison de changer.

Elles mangèrent dans un petit restaurant sur le chemin du métro, puis se blottirent ensemble pendant que le métro les ramenait chez elles. En septembre, la chaleur de l'été new-yorkais s'était rapidement dissipée et au début de l'automne, les feuilles tombaient et un vent du Nord froid soufflait sur la ville.

À LA MAISON, leur chat, Belzébul, un tigré sombre et malveillant, attendait qu'elles le nourrissent, errant entre leurs jambes, criant jusqu'à ce que Boh lui mette un bol de croquettes sur le sol de la cuisine. « Espèce de monstre », dit-elle tendrement, grattant ses oreilles alors qu'il mangeait sa nourriture.

Grace avait un rendez-vous et, après avoir réquisitionné la salle de bains pendant une heure, elle cria au revoir à Boh, qui lisait dans sa chambre. L'appartement était silencieux après le départ de Grace, et Boh profita de la paix ambiante. Elle aimait être seule, loin des autres, des longues heures d'exercice et de pratique – une tension pour son côté introverti.

Elle adorait le ballet, tout sauf le côté public. Boh avait été élevée pour être discrète, l'enfant silencieuse à la table du dîner, la fille qui-ne-parle-que-quand-on-lui-parle. La plus jeune enfant de cinq, Boh avait souvent été oubliée par ses parents égarés, qui n'avaient des enfants que parce c'est ce qu'on attendait d'eux dans leur famille amérindienne. Dès l'âge de seize ans, Boh avait pris l'argent qu'elle avait économisé grâce à son job à temps partiel au Dairy Queen du coin et avait pris le bus pour New York, où elle avait vécu sur les canapés de ses collègues jusqu'à son admission à l'école de ballet, puis était restée dans les dortoirs, où elle avait rencontré Grace.

Maintenant dans son appartement à elle, sa famille n'était plus qu'un lointain souvenir, Boh était plus heureuse qu'elle ne l'avait jamais été – à part une chose flagrante. Dernièrement, elle avait éprouvé de la fatigue pendant plusieurs jours d'affilée. Les jours étaient devenus des semaines, et finalement, la semaine dernière, elle avait été voir son médecin. Elle avait probablement une anémie – héréditaire – lui avait dit son médecin. « Une version faible, Dieu merci, et nous pouvons vous soigner. » Le médecin lui avait souri gentiment pendant qu'elle lisait ses notes. « Je connais déjà la réponse, Boh, mais pourriez-vous envisager de prendre un congé ? »

Ils avaient tous les deux ri, mais ils savaient tous les deux qu'il n'y avait *aucune* chance que ce soit possible. « Je prendrai tous les médicaments, mangerai tout ce que vous voudrez, mais c'est la seule chose que je ne peux pas faire. Je me reposerai autant que je peux, promis », lui dit Boh, et le médecin dut se contenter de cela.

Boh se leva et alla prendre un bain ; elle s'estimait chanceuse que sa nature naturellement introvertie signifie qu'elle sortait rarement le soir, préférant rester à la maison, lire ou regarder des films. Grace et elle cuisinaient parfois ensemble des plats sains, faits à partir de recettes qu'elles trouvaient sur Internet, sinon un régime ordinaire à base de saumon ou de poulet aux légumes vapeur était leur base.

Malgré les rumeurs de troubles de l'alimentation dans le monde de la danse classique, ils étaient moins répandus que cela et la NYSMBC avait une politique stricte en matière de nutrition. Le mantra était : « Un corps en forme, en bonne santé, d'un poids approprié pour l'âge et la taille ». Lorsqu'un danseur était soupçonné de développer un trouble, on lui donnait trois avertissements pour l'aider à le combattre et de l'aide pour le vaincre. Si le danseur ne faisait pas sa part, après trois séances avec le psychologue de la compagnie, il était renvoyé de la compagnie et envoyé dans un centre de traitement. La directrice générale de la compagnie, Liz Secretariat, une ancienne étoile, appliquait cette règle avec fermeté et réprimandait tout professeur qui faisait douter les danseurs de la forme de leur corps.

Bien sûr, cela ne signifiait pas que les danseurs pouvaient se *gaver*, mais maintenant, quand Boh cassa un gros morceau de chocolat noir et le mit sur une assiette pour en profiter alors qu'elle trempait dans son bain, elle ne se sentit pas coupable. Elle avala deux de ses comprimés de fer prescrits avec du jus d'orange et s'empara de sa vieille copie presque-enterrée-sous-des-papiers des directives de la compagnie, mais elle ne savait toujours pas si elle était tenue de déclarer sa maladie si elle n'était pas grave. Elle préférait ne pas le faire. Cela signifierait simplement que la compagnie la surveillerait de près et elle pouvait s'en passer pour le moment.

Elle souhaitait que Kristof, le directeur artistique de la compagnie, se décide sur les ballets à présenter. Cela rendait les répétitions stressantes lorsqu'ils étaient en train de travailler six ou sept combinaisons différentes avec des musiques très divergentes. Tous les pieds des danseurs étaient cassés, mais Kristof semblait faire travailler Boh plus que les autres. Pendant qu'ils reprenaient leur souffle, il disait à Boh de faire une série de sauts et de jetés, étapes de base que même les apprentis connaissaient.

Après les séances, il la gardait plus longtemps pour lui parler de chaque pas qu'elle avait fait, de ce qui n'allait pas avec eux, de ce qui n'allait pas chez elle. Boh avait une peau épaisse et elle filtrait automatiquement les absurdités et se concentrait sur les choses desquelles elle pouvait tirer quelque chose.

Bien sûr, quand Kristof était de mauvaise humeur, même sa peau épaisse ne pouvait échapper à ses piques. Elle savait que cela venait du fait qu'elle avait refusé de coucher avec lui. Plus d'une fois, il avait essayé et à chaque fois, elle avait dit non. Ce n'était pas seulement qu'elle ne s'intéressait pas à lui sexuellement, mais c'était la pensée de ses mains sur son corps qui la rendait malade.

Elle savait que certaines de ses collègues danseuses le trouvaient attirant, et en considérant l'homme avec un œil impartial, elle savait qu'il était bel homme. Cheveux foncés, yeux brun foncé, mâchoire carrée, virile... oui, Kristof Mendelev était un beau parti.

Mais elle détestait sa personnalité, son arrogance, même si sa haute opinion de son propre talent était justifiée. Boh était tellement consciente de l'importance de la confiance, tempérée par l'humilité qu'elle ne pouvait pas supporter la vanité.

Serena, sa collègue danseuse et sa Némésis, se moquait d'elle. « Tu es trop douce, Dali. C'est le *ballet*, il n'y a pas plus piquant que ça.

– Et pourtant, quand même, j'ai réussi à devenir première

danseuse sans avoir à être une garce, *Serena* », répondait-elle pour le plaisir des autres danseuses.

Sa haine de Serena allait plus loin que la rivalité pour les rôles principaux. Boh savait qu'elle avait l'avantage, mais Serena aussi, et cela faisait de l'autre femme son ennemie. Il n'y avait pas seulement cela, car Boh soupçonnait Serena d'être raciste. Boh était la première femme amérindienne à devenir première danseuse dans leur compagnie de ballet, et la compagnie avait fait beaucoup de bruit de son ascension dans les médias. Serena, une princesse de l'Upper East Side, s'était moquée des interviews et des séances de photos, mais Boh savait que c'était seulement par jalousie.

Serena lui était une épine dans le pied, mais pas une grosse. Tandis que Boh trempait dans sa baignoire, elle essayait de se concentrer sur son livre – le nouveau Paul Auster – mais son esprit vagabondait. Aujourd'hui, elle avait reçu une lettre de sa sœur aînée, Maya, lui disant que leur père était gravement malade et qu'il était peu probable qu'il vive plus de six mois.

Boh sonda son cœur et ne ressentit rien. Rien pour l'homme qui l'avait ignorée pendant les sept premières années de sa vie, puis, à son huitième anniversaire, le jour où ils avaient emménagé dans un nouvel appartement et où elle avait sa propre chambre pour une fois, le jour où il s'était glissé dans sa chambre pour ce qu'il allait appeler leur « Moment secret spécial ».

Non, elle ne ressentait rien pour l'homme qui l'avait maltraitée. Elle ne l'avait dit qu'à une seule personne, Maya, qui lui avait giflé le visage et lui avait dit de ne jamais le dire. Boheme savait, à ce moment-là, que son père avait fait la même chose à sa sœur.

Bâtard.

Elle avait répondu à Maya.

JE SUIS DÉSOLÉE pour la douleur que cela vous cause, mais il a vraiment ce qu'il mérite. Tu sais pourquoi.

Boh.

Il n'y avait pas eu de réponse et maintenant Boh repoussa les souvenirs de son père. *Toi*, pensait-elle, *tu es la raison pour laquelle je n'ai pas de cœur, pas de passion pour un homme. Toi.*

Elle sortit de l'eau froide et regarda son corps nu devant le miroir. Grand, maigre, avec la peau couleur café au lait, elle avait néanmoins des seins pleins, quelque chose dont Serena se moquait aussi, mais elle ne s'était jamais inquiétée de ne pas correspondre au type de corps de la danseuse. Ce n'était pas si important, de nos jours.

Elle se sécha et enfila son pyjama usé mais confortable, se glissant dans son lit et éteignant la lampe. Il n'était que vingt-deux heures mais elle s'en fichait. Pour elle, le sommeil était ambroisie, surtout maintenant... *Mon Dieu, je suis déjà vieille à vingt-deux ans*, se dit-elle, mais bientôt ses yeux se fermèrent et elle tomba dans un sommeil paisible, réveillée seulement par Belzébul qui lui mit ses pattes sur le dos au petit matin.

« Espèce d'affreux », dit-elle, puis elle sourit alors qu'il se blottissait sur l'oreiller à côté d'elle et étira immédiatement sa jambe sur son visage. Elle l'enleva doucement et embrassa sa petite patte. « Tu es le seul homme pour moi, Beez », chuchota-t-elle, puis elle ferma les yeux et dormit jusqu'à ce que son réveil sonne à sept heures du matin le lendemain.

CHAPITRE TROIS

« J e ne me souviens pas, es-tu déjà entré dans ce bâtiment ? » demanda Nelly à Pilot alors qu'il arrivait avec son appareil Polaroid – il était de la vieille école lorsqu'il s'agissait de faire ses premiers repérages – deux semaines après leur déjeuner en ville. Il avait déplacé des choses, évitant les appels de Grady Mallory jusqu'à ce qu'il ne puisse plus l'éviter. Il devait être sûr d'avoir quelque chose à dire à Grady. « C'est une étude du corps humain en mouvement », dit-il. « Je visite le ballet de New York pour voir leurs ballerines à l'œuvre. »

Il ne reprochait pas à Grady d'être peu enthousiaste. Des danseurs de ballet en mouvement, cela avait été fait avant, beaucoup, beaucoup, beaucoup de fois, mais Grady, un gars gentil, remercia néanmoins Pilot pour ses idées.

Pilot se sentit mal à l'aise à cause de son manque d'orientation. « Écoute, Gray, je te promets que je trouverai quelque chose de spectaculaire.

–J'ai foi en toi », lui avait dit Grady. Pilot espérait pouvoir lui rendre la pareille.

Suivant Nelly dans le bâtiment de la compagnie de ballet, il secoua la tête. « Non, pas celui-ci, mais l'ancien sur Bleecker.

« Ha, ouais, toute une histoire. Ce bâtiment vient d'être condamné... de l'amiante. On a esquivé une balle, on l'a vendu avant que ce ne soit découvert. Par où veux-tu commencer ? Tu veux rencontrer les danseurs ou juste jeter un coup d'œil à un cours ?

–Juste regarder, si c'est ok. J'ai juste besoin de voir qui je vais prendre en photo.

– Dans ce cas », lui dit Nelly en l'emmenant vers l'ascenseur, « il y a une classe mixte à voir, des premiers danseurs jusqu'aux apprentis. Céline aime faire un cours de deux heures le lundi matin, qui est plus une mise au point qu'une répétition pour quelque chose de spécifique. Tout le monde aime ça, comme tu peux l'imaginer, bien qu'ils soient tous terrifiés par Céline. »

Pilot sourit. Sa propre mère était une femme insistante, effusive et forte, et il avait hérité de l'amour des femmes puissantes – *puissantes, pas manipulatrices.* « Comment va la camaraderie ? »

Nelly rit. « C'est normal. Pour la plupart, c'est une bande amicale, mais il y a toujours un ou deux trous du cul.

– Qui dois-je surveiller ? »

Nelly gloussa. « Je ne devrais pas te le dire.

– Allez, un peu de commérage ! »

Elle soupira. « Serena. Une super salope de grade 1. Une danseuse fantastique, bien sûr, mais une harpie. Jeremy peut être une diva.

– Tu as des favoris ?

– *Je* n'enseigne pas, alors je peux. » Elle le regarda d'un air espiègle. « Boh. Tu vas adorer Boh. Lexie, Grace, Vlad, Elliott, Fernanda... regarde, la plupart d'entre eux. Fais attention à Serena, Jeremy, et peut-être même Alex.

– Bonne info, merci. »

Ils sortirent de l'ascenseur et Nelly lui indiqua le studio. « J'ai dit à Céline de t'attendre. »

Pilot gloussa. « Tu me connais si bien. »

Il ouvrit un tout petit peu la porte du studio, et attira l'attention de la femme à l'air féroce à l'intérieur. Elle hocha la tête, sans sourire, et fit un signe de tête à la classe.

Pilot se glissa à l'intérieur, passant ses yeux sur les danseurs.

Quelques-uns le regardèrent avec curiosité, mais la plupart restèrent concentrés sur leur pratique. Un jeune homme de l'âge de Pilot jouait du piano. Il leva les yeux et sourit à Pilot.

« Et en haut, bien. Bras levés... Lexie, tends les bras, s'il te plaît... magnifique. Alex, tourne-toi... bien. Joli étirement, Boh, bien joué. Double pirouette, non, Elliot, double. Merci. »

Pilot l'écouta guider ses élèves pour la classe. Il devait admettre que la façon dont ils utilisaient leur corps pour faire des mouvements était belle et impressionnante. Il s'accroupit et prit quelques photos. Une danseuse aux cheveux pâles, blond vénitien dans un chignon serré sur le dessus de sa tête attira son regard et sourit de manière séduisante, posant pour lui.

« Serena, fais attention à moi et pas à M. Scamo, s'il te plaît, peu importe à quel point il est beau. »

Pilot rit légèrement et Céline le regarda en clignant de l'œil pour lui montrer qu'elle plaisantait. Il l'aima immédiatement.

« OK et... repos. Merci. Bon, comme Serena l'a remarqué, nous avons un visiteur. Pour ceux d'entre vous qui vivent sous un rocher, il s'agit de Pilot Scamo, photographe extraordinaire. » Céline vint serrer la main de Pilot alors que le groupe assemblé lui offrit une petite salve d'applaudissements. Il sentit son visage s'enflammer – il ne s'habituait jamais à être le centre de l'attention.

« Hey tout le monde, écoutez, je suis juste là pour capter le moment, alors s'il vous plaît, ne me laissez pas vous interrompre... » La voix de Pilot vacilla en la voyant. La grande femme athlétique qui se tenait en retrait derrière un danseur masculin. Elle le regardait timidement, ses grands yeux brun foncé, son corps tout en courbes et pourtant athlétique et tonique. Elle était lumineuse. Pilot se rendit compte qu'il la regardait fixement et il détourna rapidement le regard. « Désolé, euh, ne me laissez pas vous interrompre. »

Céline cacha son sourire. « Vous avez entendu. Bien, prochaine combinaison. En quatrième, puis plié, relevé, plié... »

Pilot continua à photographier les danseurs tandis qu'ils s'entraînaient. Après avoir travaillé à la barre, Céline leur demanda de présenter leurs sauts et leurs jetés pour lui. « Et, Boh, si vous pouviez finir pour nous avec une triple pirouette et arabesque. »

À la fin des jetés, la fille s'avança, toute en grâce, et exécuta une pirouette sans faille et finit dans la pose classique de l'arabesque. Chaque ligne de son corps était exquise, jusqu'au placement de ses doigts. Pilot respira profondément.

Il avait trouvé sa muse.

CHAPITRE QUATRE

Quand Boh quitta le studio, elle ne put s'empêcher de jeter un coup d'œil à l'homme qui parlait à Céline... La façon dont il l'avait regardée... si un autre homme l'avait regardée comme ça, elle aurait gelé sur place, se serait affolée et aurait paniqué. Mais cet homme...

C'étaient ses yeux. D'un vert vif, et grands, ses sourcils épais et sombres les rendant intenses, dangereux, sensuels. Une ligne entre ses sourcils donnait l'impression qu'il fronçait les sourcils ou qu'il était troublé jusqu'à ce qu'il sourît, tout son visage s'illuminait, devenait enfantin, presque beau. Il était l'homme le plus sexy qu'elle ait jamais vu, et elle le ressentait dans tout son corps.

Lexie la poussa. « Quelqu'un a fait impression. »

Boh lui sourit et baissa la voix. « Alors tu as remarqué aussi ?

– Tout le monde a remarqué, Boh. C'était presque un temps d'arrêt de dessin animé qu'il a fait. Et il est *magnifique* aussi.

– Assez vieux pour être ton père », s'immisça Serena, les écoutant manifestement alors qu'elles se dirigeaient vers les vestiaires. « Et toi, Dali, ne pense pas que tu es quelqu'un de spécial juste parce qu'un homme t'a regardée. C'est une superstar – il a probablement eu plus de top models la semaine dernière que tu n'as eu de triples pirouettes réussies.

– Serena, ta connerie se voit. » Fernanda, la danseuse invitée d'Équateur aux manières douces, parla alors, et Serena rougit de colère, murmurant quelque chose dans sa barbe. Fernanda s'arrêta et saisit l'épaule de Serena. « Qu'est-ce que tu as dit ? »

Serena sourit méchamment. « Tu as entendu. » Elle arracha son épaule de l'emprise de Fernanda et s'en alla. Boh soupira. L'attitude de Serena s'était encore aggravée dernièrement, et elle se demandait pourquoi Fernanda s'était impliquée. Ça ne lui ressemblait pas. Elle regarda son amie d'un air interrogateur et Fernanda haussa les épaules.

« Parfois, elle a juste besoin d'entendre de quelqu'un un " ta gueule", tu sais. »

Boh et Lexie rirent et Fernanda sourit. « Viens. On va être en retard pour Kristof. »

APRÈS LE BRUIT de la classe, le studio résonnait de silence alors que Pilot posait ses polaroïds sur le dessus du piano et les étudiait. Il avait noté plusieurs danseurs qu'il aimerait photographier, les choisissant pour les lignes épurées de leurs corps, mais en fait, il essayait de ne pas se concentrer sur les trois dernières images.

Bohème. *Boh.* La façon dont son corps bougeait dans l'air, ses courbes aussi gracieuses que celles des danseuses éthérées. Forte, athlétique et presque d'un autre monde. Il en savait assez sur le ballet pour savoir que sa silhouette n'était pas celle frêle généralement préférée. Son corps était tout entier celui d'une femme, résultat d'un programme d'entraînement finement réglé, devinait-il, ainsi que d'un appétit sain. Il la trouvait palpitante. Son équilibre et sa grâce se reflétaient dans la beauté naturelle de son visage, sans maquillage et avec une sueur fine, rosée faisant briller la lumière de son corps....

Calme-toi, mec. Pilot aspira de grandes bouffées d'air, mais son ventre était noué. Ce vieux sentiment. Quand il sut qu'il avait trouvé quelqu'un qui pouvait rayonner la sensualité, la force et surtout l'art à travers son objectif. Il photographiait volontiers le reste des danseurs pour la compagnie, pour les aider dans leur publicité, mais il demanderait à Boh de travailler avec lui pour son exposition.

Il alla chercher Nelly, qui était ravie qu'il ait apprécié le cours. « Les danseurs sont époustouflants », dit-il honnêtement, s'asseyant sur son bureau. « Il y en a quelques-uns qui se sont vraiment démarqués... tiens. » Il lui tendit une série de six polaroïds et elle les tria en acquiesçant de la tête.

« Grace, Lexie, Jeremy, Vlad, Fernanda et Elliott. Oh. » Elle le regarda avec curiosité et il savait à quoi elle pensait, il lui sourit et lui donna les trois derniers polaroïds.

« J'ai dit qu'ils se démarquaient. Mais il y en a une qui a explosé les autres. »

Il vit Nelly détendre ses épaules en regardant les photos de Boh. Elle hocha la tête et sourit. « Je le savais. Je savais que tu l'aimerais. C'est quelque chose.

– Eh bien oui », dit-il en riant et Nelly gloussa.

« Un béguin ? »

Pilot fit semblant d'avoir l'air offusqué. « S'il te plaît, je suis un professionnel. Je suis aussi un homme, et qui pourrait me blâmer ? Mais sérieusement... j'ai une proposition. »

Nelly lui fit un sourire espiègle. « Mon Dieu, on ne parle pas *Pygmalion*, n'est-ce pas ? J'ai déjà Machiavel dans l'équipe.

– Ha, non, pas tout à fait. Écoute, je t'ai parlé de l'exposition de la Fondation Chen ?

– Oui... *ah*, je vois. Tu veux que Boh soit ta muse ? »

Pilot acquiesça d'un signe de tête. « Si elle est d'accord. Ça voudrait dire travailler en plus de son planning pour le ballet et elle ne voudra peut-être pas faire d'heures supplémentaires. Je la paierai, bien sûr... et en plus, je ferai tes photos publicitaires gratuitement. »

Les yeux de Nelly furent exorbités. « Non, Pilot, je ne peux pas...

– Regarde mes yeux », dit-il en souriant. « Si tu peux me dire que tu m'as vu plus excité par un projet que celui-ci, je retire tout ça. »

Un large sourire s'élargit sur le visage de Nelly. « D'accord, c'est parti... si Boh est d'accord.

– Bien sûr, absolument. Mais je ferai tes trucs gratuitement de toute façon. » Ce n'était pas comme s'il avait besoin d'argent et en ce qui concernait Pilot, Nelly lui avait rendu son mojo et cela n'avait pas de prix.

Nelly regarda l'horloge. « Boh est avec Kristof en ce moment. Je pourrais la kidnapper.

– Non, n'interromps pas son cours. »

Nelly renifla. « Ça énerverait Kristof et ça plairait à tout le monde. Allons voir si on peut la voler. »

KRISTOF MENDELEV FIXA BOH qui dansait la section mime de *La Sylphide* et l'arrêta. « Boh, ce n'est pas une interprétation sarcastique, ni un dessin animé. Subtilité, c'est la clé de cette partie. Si tu fais rire le public, alors tu rends un mauvais service à la sensualité du moment. »

Boh resta silencieuse pendant qu'il la critiquait, puis demanda froidement : « Dois-je réessayer ?

– On est là pour quoi d'autre ? Bien *sûr*, essaie encore. »

Elle traversa la pièce, son *port de bras* se déplaçant en arcs gracieux, ses pieds se déplaçant rapidement sur le plancher, rapide et staccato dans le style rendu célèbre par le chorégraphe de ballet August Bournonville. Boh connaissait ce ballet mieux que la plupart des autres, l'ayant aimé depuis son enfance. Elle aimait être la fée, la sylphide, et donc son corps se penchait et se courbait sur chaque note de la musique. Cette fois, elle joua le mime avec sérieux, tendant la main avec son amour à travers la forêt où les fées habitaient, proclamant son amour pour James, le héros malheureux du ballet. Vladimir, le collègue premier danseur de Boh, jouait James, se déplaçant avec elle, et Boh se perdait dans ses mouvements.

Alors qu'elle jouait les derniers instants de La Sylphide, son attention revint à la pièce et elle vit Pilot Scamo la regarder.

« Ok, stop. » Kristof se frottait la tête et fixait Nelly. « Y a-t-il une raison à cette intrusion ? Comment va-t-*elle*... » il fit un geste brusque en direction de Boh, « s'améliorer si nous continuons à être interrompus ? »

Nelly ne répondit pas à l'hameçon. « Je t'en ai parlé plus tôt, Kris. Tu écoutais ? »

Mais il n'écoutait pas maintenant ; il regardait Pilot, qui le regardait en retour avec calme. « Tiens, voilà Scamo. » Il dit son nom en faisant un geste avec ses mains, se moquant de Pilot. Les yeux de Pilot eurent l'air dangereux et Boh trembla, mais il ne mordit pas à l'hameçon. Les yeux de Pilot rencontrèrent les siens et s'adoucirent, et sa bouche se souleva d'un côté.

« Mademoiselle Dali », dit-il, d'un ton respectueux et admiratif, « m'a l'air exquise. »

Boh rougit de plaisir, puis un rire traversa la classe jusqu'à ce que Kristof les dévisage.

Kristof leva les yeux au ciel. « Que voulez-vous ?

– Nous aimerions parler à Boh, s'il vous plaît. En privé.

– Et ça ne pouvait pas attendre la fin de mon cours ?

– Manifestement pas. » La voix de Nelly prit une note dangereuse et Kristof la fixa un moment, réfléchissant évidemment s'il fallait plaider sa cause ; il finit par faire un signe de la tête à Boh, qui sortit gracieusement de la troupe et vint vers eux, ramassant son sac et sa serviette, lançant un regard désolé au reste de sa classe.

DEHORS, Nelly les présenta. « Boheme Dali, voici Pilot Scamo. Non qu'il ait besoin d'être présenté.

– Et après ce que j'ai vu ce matin, vous non plus, Mademoiselle Dali. » Il lui serra la main et lui sourit.

« C'est Boh, s'il vous plaît. » Sa voix était calme et douce, musicale. Nelly leur sourit à tous les deux, remarquant visiblement l'alchimie entre eux.

« Pilot », dit-il et Nelly lui tapota le dos.

« Je vous laisse seuls pour parler. Pilot a une proposition très intéressante pour toi, Boh. »

Elle disparut et Pilot sourit à Boh. « Si on allait se promener ? Je n'ai pas vraiment envie d'avoir un public. » Il hocha la tête en direction de l'intérieur du studio de danse où Kristof les regardait et Boh acquiesça, en levant les yeux au ciel.

« Bonne idée. Je sais où on peut aller pour un peu d'intimité. »

ELLE L'EMMENA en bas de l'immeuble puis hors de la cuisine dans une petite cour. « Personne ne vient ici à moins que ce soit pour fumer, mais il y a cours en ce moment, donc on devrait avoir un peu d'intimité. » Elle frissonna un peu sous la brise froide.

« Voilà. » Pilot dégagea ses épaules de sa veste et la mit autour de ses épaules. Elle lui sourit avec reconnaissance.

« Merci. » Ils s'assirent à l'un des bancs de pique-nique. « C'est vraiment un honneur de vous rencontrer, monsieur. »

Pilot sourit. « Mon père était "monsieur", Boh ; je suis juste Pilot. Et de même. Nelly m'a dit que vous étiez spéciale et je crois qu'elle a sous-estimé cette déclaration. Vous bougez comme... » Il cherchait son mot. « Comme de l'eau, comme de l'air... Boh, Nell a mentionné une proposition et la voici. Je dois travailler avec la Fondation Quilla Chen pour une exposition au MOMA dans six semaines. Avant ce matin, je n'avais rien. Aucune idée n'arrivait dans mon cerveau, aucune inspiration, rien. Puis je vous ai vue danser. »

Le visage de Boh était rouge flamboyant. *Pilot Scamo* avait été inspiré... par *elle* ? Pas *possible*. Le nom de Pilot était connu dans le monde entier et il avait photographié quelques-unes des plus belles femmes du monde – la pique de Serena sur le fait qu'il couchait avec des mannequins lui revint.

« M. Scamo...

– Pilot.

– Pilot – qu'est-ce que vous me demandez exactement de faire ? » Si c'était une réplique pour l'amener au lit – Dieu l'aide mais cet homme magnifique n'aurait pas besoin d'une réplique – elle aurait à revoir la bonne opinion qu'elle avait de lui.

« Travaillez avec moi sur ce projet. Je suis sûr que vous avez vu les très nombreux portraits de ballets qui ont déjà été réalisés ; des photographes comme Karolina Kuras ou Alexander Yakovlev ont réalisé des œuvres magnifiques. Il nous faut donc un angle original. J'aimerais travailler avec vous et trouver une idée nouvelle.

– En six semaines ? »

Pilot acquiesça d'un signe de tête. « En six semaines, il faudrait trouver un thème, avoir les costumes, trouver les décors. » Il sourit soudainement, un large sourire de garçon, et Boh sentit son ventre trembler de désir. Travailler en étroite collaboration avec cet homme pendant six semaines ? *Oui, s'il vous plaît...*

« Je suis d'accord. » Elle s'écouta répondre cela et fut récompensée par un sourire encore plus grand, encore plus sexy.

« Fantastique. »

Ils échangèrent leurs coordonnées et Boh lui sourit timidement. « Je suppose qu'on va devoir commencer tout de suite.

– Je suppose que oui. » Ses yeux tombèrent sur sa bouche pendant une fraction de seconde, puis il détourna le regard, une légère tache de rose apparaissant sur chacune de ses joues. Boh se rendit compte qu'il ne voulait pas avoir l'air d'un sale type, mais il n'y avait aucun doute quant à l'attirance entre eux. Mais cet homme était un professionnel, et elle aussi.

Mais, au moins, pensa-t-elle plus tard, après avoir dit au revoir, *j'ai un nouvel ami.* Ah, répondit son corps, quand est-ce que tu as été mouillée à cause d'un *ami* la dernière fois ?

Tais-toi. Mais elle se sourit à elle-même en remontant dans la classe de Kristof, se sentant plus légère que l'air à l'idée de passer les six semaines suivantes avec Pilot Scamo.

CHAPITRE CINQ

L a bonne humeur de Pilot dura jusqu'à ce qu'il rentre à son appartement et qu'il voit son portier se balancer inconfortablement sur ses pieds. « Monsieur Scamo », dit-il. « Je suis désolé. Elle n'a pas accepté un non comme réponse. Elle attend en haut. »

Pilot soupira. « Ce n'est pas ta faute, Ben. Ce n'est pas grave. »

Eugénie était assise devant la porte de son appartement et Pilot se félicitait de ne jamais avoir cédé à sa demande de clé. « Pourquoi ? » avait-il demandé quand Eugénie l'avait suggéré. « Nous sommes divorcés, Génie. »

Elle le vit et lui tendit les mains pour qu'il l'aide à se relever. Elle ne lâcha pas ses mains et les pressa autour de sa taille. « Chéri. »

Pilot se détacha doucement. « Génie, que fais-tu ici ? »

Eugénie souffla. « Eh bien, si tu ne veux pas me voir... »

Mon Dieu, ça allait être un de ces jours. Elle était vraiment la reine de l'agressivité passive. « Je travaille, Génie. Je répète, qu'est-ce que tu veux ?

– Te voir, évidemment. » Elle lui caressa le visage et c'était tout ce que Pilot pouvait supporter, pour ne pas jeter sa tête en arrière. Il avait déjà été dans cette situation et savait quelles en seraient les conséquences. La cicatrice en demi-lune à côté de son œil droit était la preuve de la rage de Génie quand elle était froissée. « Tu me manques, Pilot. Plus que tu ne le crois. »

Ah, ruse de Génie numéro trois, pensa-t-il. L'ex pleine de regrets. « Génie, tu m'as appelé sans arrêt et comme je l'ai dit, je travaille. Tu sais ce que c'est quand j'ai un projet. »

Il espérait garder la dispute dans le couloir, mais comme l'un de ses voisins longeait le couloir, curieux, et ne le cachant pas, Pilot ouvrit sa porte et s'effaça pour permettre à Eugénie d'entrer. Zut. Il avait réussi à la garder loin de sa nouvelle vie avec succès, jusqu'à maintenant.

Génie entra dans son appartement et sourit. « Ah, typique de Pilot. Un désordre non organisé. »

Il haussa les épaules. Eugénie aimait que tout soit à sa place tout le temps ; Pilot voulait que sa maison soit habitée par un *humain*, pas par un automate. Ses murs étaient tapissés d'étagères remplies jusqu'au plafond, son canapé était vieux et abîmé et incroyablement confortable, son tourne-disque était sur le sol avec une pile de vinyle à côté de lui. Sur la table basse, une collection de tasses contenait divers degrés de vieux café ou de thé ; une bouteille de whisky à moitié vide, un cahier d'idées.

Mais Génie avait tort – Pilot savait où chaque morceau de sa vie se situait dans cet endroit – c'était son refuge et il détestait qu'elle s'y trouve, le jugeant, se moquant de lui.

« Comme je l'ai dit, plusieurs fois maintenant, je travaille, donc... » Il fit une pause pour qu'elle dise ce qu'elle avait à dire. Génie sourit à demi. Elle semblait encore plus mince ces jours. Toujours mince, quand il l'avait rencontrée, elle avait un poids santé, mais au fil des ans, elle avait perdu l'appétit pour tout sauf la vodka et la cocaïne, et quand Pilot l'avait quittée, sa dépendance s'était encore aggravée. Désormais, elle devait faire moins de quarante-cinq kilos.

Bien sûr, Génie s'en fichait, elle, de perdre du poids. Dans son cercle d'amis de l'Upper East Side, elle était la plus mince, pouvait entrer dans les échantillons de tous les meilleurs créateurs de mode, et ne faisait rien contre ses addictions. Avec la cocaïne, de l'Adderall et des excitants à l'occasion, elle commençait à prendre de la méthamphétamine tous les jours. Sa beauté blonde fragile et cassante commençait déjà à craquer aux coutures. Pilot aurait eu pitié d'elle mais sa cruauté le rendait insensible à sa chute.

« Mon chéri », elle vint vers lui et il ne put s'empêcher de faire quelques pas en arrière. Elle le remarqua et la colère éclata dans ses yeux, mais elle se débattit intérieurement et sourit. « N'aie pas peur de moi, mon chéri. Pilot, après tout, la vie qu'on a construite, l'amour qu'on a eu, tu crois pas qu'on mérite mieux que ça, ce triste petit divorce ?

– On en a déjà parlé, Génie, quand tu n'étais pas défoncée. On sait tous les deux que c'est fini. Ça fait des années. Peut-être, ça n'aurait même pas dû commencer. »

Génie l'ignora. « Nous n'avons jamais essayé d'avoir des enfants à cause de ta carrière, et maintenant, je pense qu'il est temps. »

Oh mon Dieu, elle *était* vraiment partie sur l'une de ses diatribes. Pilot frotta son visage. *Comment je vais la faire sortir de mon appartement sans qu'elle perde encore patience avec moi – encore ?*

« Génie, j'ai une réunion à laquelle je dois aller. Rentre chez toi, redeviens sobre, et tu comprendras les bêtises dont tu parles. On est divorcés. Pas d'enfants. Pas de moi. »

Il lui prit les épaules et la conduisit hors de l'appartement, sentant à quel point son corps était osseux et fragile. « Au revoir, Génie. » Au dernier regard, elle était bouche bée, comme un poisson rouge, tandis qu'elle clignait des yeux, étonnée de son bannissement rapide.

Il ferma la porte rapidement et s'appuya contre elle. Ce n'est pas qu'il avait peur d'elle – il avait plus peur des répercussions si elle l'attaquait à nouveau. Il faisait trois fois son poids et sa taille – s'il se défendait et lui faisait mal, il savait de quel côté la police tomberait et ce ne serait pas le sien. En plus, sa famille avait des relations. Les Ratcliffe-Morgans avaient de l'argent depuis longtemps, pas le type de "nouveau riche" comme son père, un milliardaire qui avait fait sa fortune tout seul, et pendant leur mariage, Eugénie avait fait en sorte de dire que son argent était de qualité inférieure. Elle détestait qu'il n'ait pas essayé de se battre contre le contrat de mariage, qu'il ne s'intéressait pas du tout à l'argent. Cela lui donnait une chose de moins pour le tenir.

Maintenant, son excitation d'avant partie, Pilot prit son sac et en sortit les polaroïds, voulant récupérer une partie de l'excitation qu'il avait ressentie. Il parcourut les photos et trouva celles de Boh. Une chaleur remplaça l'anxiété dans son estomac, il prit son téléphone dans sa veste et lui envoya un message.

Vraiment excité de travailler avec toi, Boh. Pilot.

Il ne s'attendait pas à ce qu'elle réponde si vite et quand il vit son message, il sourit.

Moi aussi ! Je viens d'aller sur Internet pour faire des recherches – tu es le roi de Pinterest ! J'ai hâte de commencer à travailler. B.

Mignon. Pilot jeta un coup d'œil à l'horloge. Un peu après dix-huit heures, il hésita un moment, puis tapa un autre message. *Tu as déjà mangé ?*

Pas encore, je sors de la répétition.

Pilot respira à fond. Est-ce que c'était inapproprié ? Ah, au diable avec ça.

Envie de prendre un hamburger et de commencer ?

Il compta les secondes avant qu'elle ne réponde. *Ça a l'air bien. Où dois-je te retrouver ?*

Pilot ne put retenir un "*Oui*" victorieux qui lui échappa des lèvres.

CHAPITRE SIX

« L es saisons.
– Ça a été fait.
– Hum... les éléments ?
– Aussi fait.
– Merde. » Boh mit une autre bouchée de hamburger dans sa bouche et fit une grimace. Pilot lui sourit, une goutte de moutarde sur le côté de sa bouche. Sans réfléchir, elle se pencha en avant et la balaya avec son doigt. Comprenant immédiatement que c'était une chose très intime à faire à quelqu'un qu'elle ne connaissait pas, elle rougit, mais Pilot sourit et la remercia.

Pour couvrir son embarras, elle en fit une blague. « J'ai envisagé de la laisser là et de te laisser partir d'ici, mais j'ai pensé qu'il était trop tôt dans notre relation de travail pour faire ça. »

Pilot rit – Dieu, son sourire était enivrant. « Je suis content que tu aies pensé cela... parce que maintenant je peux te parler du ketchup sur ta joue. »

Les yeux de Boh s'élargirent, et elle frotta furieusement ses deux joues avec la manche de son pull. Elle vérifia mais il n'y avait pas de ketchup sur le tissu. Pilot lui fit son plus grand sourire niais.

« C'était une blague. »

Boh rit. Au cours de la dernière heure, elle avait appris que Pilot avait le même sens de l'humour loufoque qu'elle, et bien qu'elle ait été nerveuse lorsqu'ils s'étaient rencontrés pour la première fois, maintenant elle s'amusait beaucoup. Ils avaient à parler du projet et maintenant Pilot avait son carnet devant lui.

« J'ai pensé qu'on pourrait se contenter de lancer des idées jusqu'à ce qu'on trouve un thème », avait-il dit après qu'ils eurent commandé leur nourriture. Ils étaient chez Bubby's sur Hudson Street, et Boh mangeait le burger le plus sublime qu'elle n'ait jamais goûté, un hamburger à point avec des frites. Elle avait sauté le déjeuner – enfin, elle avait été forcée de sauter le déjeuner quand Kristof avait voulu lui faire rattraper pour avoir manqué tant de cours – et maintenant elle était vorace.

Sa compagnie était plaisante, ce qui ne gênait en rien. Pilot, vêtu d'un chandail bleu marine foncé, les cheveux en bataille sur sa tête, une ombre sombre sur son beau visage, parlait de thèmes et ils essayaient de penser à quelque chose d'original.

« Que dirais-tu d'une ballerine dans un environnement urbain délabré ? »

Boh réfléchit. « J'aime cette idée, mais il y a aussi une tendance croissante du ballet urbain et je me demande si nous ne pourrions pas avoir des problèmes là. »

Pilot était en train de chercher dans son téléphone. « Ouais, tu as raison et bien sûr, c'est...

– Déjà fait ? »

Pilot gloussa. « Ouais. Merde, je croyais qu'on avait trouvé. »

Boh lui sourit timidement. « Allez, on a à peine commencé. Donc, pas d'éléments, de saisons, de décharges urbaines... »

Pilot rit. « Et, s'il te plaît, mon Dieu, pas de signes stellaires.

– Amen. » Boh mit une frite dans sa bouche. C'était si facile d'être avec lui.

Pilot la scruta. « Sur quoi est l'atelier de Kristof ?

– *Sexe et mort* est le thème. Il pousse à faire la scène du meurtre dans *La Leçon* dans le cadre de la performance. Céline et Liz se battent contre lui.

– Je ne connais pas le ballet. »

Boh se pencha en avant, dans son élément parlant de son art, de sa passion. « *La Leçon* est l'histoire d'un professeur et de son élève. Il est obsédé par elle et au cours d'une leçon particulière, il est de plus en plus excité par sa performance jusqu'à ce qu'il craque et la poignarde à mort. »

Pilot grimaça. « Génial. »

Boh rit. « En fait, lorsque c'est interprété dans le contexte de l'amour obsessionnel, c'est très beau. L'idée d'être amoureux de quelqu'un au point de lui faire du mal, c'est quelque chose que beaucoup de ballets couvrent. *Mayerling*, par exemple. » Elle vit un étrange regard passer sur son visage. « Qu'est-ce qu'il y a ? »

Il secoua la tête. « C'est juste... la réalité de ce genre de relation. Il n'y a rien de romantique là-dedans. »

Elle se demandait qui avait blessé ce bel homme mais ne pensait pas pouvoir lui demander directement. « Es-tu marié, Pilot ? »

– Divorcé. Et avec bonheur. »

Boh étudia ses ongles. « Petite amie ? »

Il ne répondit pas un instant et elle leva les yeux pour le trouver souriant, les yeux doux. « Non, pas de petite amie. Toi ? »

Elle secoua la tête. Pilot se pencha vers l'avant et passa doucement ses lèvres contre les siennes, puis s'éloigna, ses yeux scrutant les siennes. « C'était ok ? »

Boh avait du mal à reprendre son souffle. « Plus qu'ok », chuchota-t-elle, et Pilot gloussa et l'embrassa à nouveau.

« Tu réalises », murmura-t-il contre ses lèvres, « que je ne fais que te soulager du ketchup et de la moutarde. Tu en as partout sur ton visage. »

Ils s'embrassèrent de nouveau, et les paumes des mains de Boh lui prirent le visage, caressant la peau douce au-dessus de sa barbe. *Demande-moi de rentrer à la maison avec toi et je le ferai*, lui demanda-t-elle silencieusement, en se surprenant, mais il n'essaya pas de la convaincre de venir dans son lit et cela lui fit s'attacher encore plus à lui. Oui, il y avait des dommages là, pensa-t-elle, mais Pilot Scamo était différent de la plupart des hommes. Elle sentait, dans ses entrailles, qu'il ne voulait pas *prendre* quelque chose chez elle et c'était nouveau pour elle.

Ils parlèrent un peu plus, mais ne trouvèrent pas d'idée. « Finissons-en pour la soirée », dit-il. « Tu as l'air crevé. Je peux te ramener chez toi ? »

Elle monta dans sa Mercedes confortable et remarqua à quel point elle avait l'air usée. Usée mais confortable, comme une vieille amie. Elle ne connaissait rien aux voitures, mais le fait qu'il n'était pas bégueule avec la sienne la fit sourire. Il vit son expression. « Quoi ? »

Elle lui dit et il rit. « Ouais, c'est juste un vieux tacot, vraiment, mais elle m'a été très fidèle.

– Je peux te demander quelque chose ?

– Bien sûr !

– Tu viens d'une famille argentée ? »

Pilot acquiesça d'un signe de tête. « On peut le dire, oui, mais il fut un temps avant que mon père ne gagne de l'argent, je m'en souviens très bien. Des pâtes à cinquante centimes à la bodega et des céréales pour le dîner. Ma mère est professeure titulaire à Columbia, mais à l'époque, elle était en train de monter en grade, en plus d'élever un adolescent et un bébé, pendant que Papa travaillait toute la journée dans son entreprise.

– Quel travail faisait-il ?

– Tu veux vraiment savoir ? » Pilot lui fit un sourire, et elle gloussa.

« Tant que ce n'est pas du trafic d'armes.

– Tu regretteras peut-être que ce ne soit pas le cas quand je te le dirai. »

Boh sourit. « Surprends-moi.

– Eh bien », Pilot conduisait la voiture sur le pont de Brooklyn. « Tu sais ces petites perforations dans le papier toilette ? Mon père a inventé l'espacement de découpe parfait. »

Boh cligna des yeux. C'était la dernière chose qu'elle s'attendait à entendre. « Vraiment ?"

Pilot glissa ses yeux vers elle. « *Non*. »

Pendant une seconde, Boh ne comprit pas ce qu'il avait dit, puis elle se mit à rire. « Tu m'as eue. Tu m'as vraiment eue. »

Pilot gloussa. « C'était plus intéressant que le fait qu'il ait *travaillé dur en ville et qu'il se soit fait des liasses de billets.*

– Tu es fou, Pilot Scamo. » Elle gloussa en secouant la tête.

Ils plaisantèrent en rentrant chez elle, puis il la raccompagna à sa porte. « Bonne nuit, Boheme Dali. »

Il l'embrassa doucement et elle sourit. « Bonne nuit, Pilot. Merci pour le dîner, pour m'avoir raccompagnée chez moi, et merci. »

Il lui caressa la joue. « Puis-je t'appeler demain ? »

Elle hocha la tête et il l'embrassa encore une fois avant de lui faire signe au revoir.

Boh entra à l'intérieur pour trouver Grace endormie sur le canapé, Belzébul enroulé sur le dessus de sa tête, réveillé, regardant Boh avec des yeux maléfiques. « Tu es juste jaloux parce que j'ai embrassé un homme magnifique », chuchota-t-elle en mettant une couverture sur la forme ensommeillée de Grace.

Quand elle fut au lit, elle ne pensa qu'au baiser de Pilot, à son doux sourire, à son toucher, et elle aurait aimé être près de lui à ce moment.

Pendant son sommeil, elle rêva de danser dans ses bras et de ne jamais quitter cette étreinte amoureuse. Quand elle se réveilla, elle se réveilla avec un SMS de trois mots.

Coup de foudre.

CHAPITRE SEPT

« **J**e n'étais pas fleur bleue, je le jure, mais ça m'est venu comme ça. Je pensais à notre rencontre, et quand je suis rentré, un film romantique à l'eau de rose passait sur le câble. Celui avec le type aux cheveux mous, qui dit souvent putain. »

Boh gloussa. « *Quatre mariages et un enterrement* ?

– Oui voilà. » Pilot but son café. « Tout à la fin, il y a cette rencontre entre le malade et la bourgeoise, et il y a ce frisson. Il dit même : "Bon sang, la ville des coups de foudre". Tu ris de mon accent anglais ?

– Non, non. » Boh mit sa langue dans la joue. Elle ne connaissait cet homme que depuis vingt-quatre heures ? Pilot lui lança une miette de son bagel et elle sourit. « Alors, continue.

– Tu as entendu parler des cages de Faraday ? »

Boh fit la grimace. « J'aurais dû ?

– Ah, la jeunesse d'aujourd'hui. Donc, ignorante, une cage de Faraday est une sorte d'enceinte qui protégera les choses, un humain, n'importe quoi de l'électricité. Disons que si tu es frappée par la foudre dans ta voiture, cela ne te ferait pas mal parce que la voiture elle-même est une cage de Faraday.

– D'accord, je comprends, Bill Nye, mais qu'est-ce que ça a à voir avec moi et notre projet ? »

Pilot avait l'air content de lui. « Je suis content que vous ayez demandé, Mademoiselle Impertinente. » Il sortit une feuille de papier sur laquelle il avait dessiné quelque chose qui ressemblait à une cage à oiseaux. À l'intérieur, il avait dessiné une silhouette, une ballerine, Boh, la capturant parfaitement en plein vol, ses longs membres inclinés et gracieux, reflétant les éclairs qui frappaient la cage.

« Wahou.

– Ça te plaît ? L'idée ?

– J'aime bien l'idée et le croquis. Comment as-tu fait pour si bien saisir mon portrait ? »

Pilot sourit. « C'est une compétence utile à avoir. Mais, sérieuse-ment, qu'en penses-tu ? Une série de mouvement et de puissance. Je ne dis pas que nous allons faire tout le shooting dans une cage de Faraday ; je vois ça comme une progression, peut-être toi dans la cage au début, te cachant même de l'élément jusqu'à plus tard dans la série où tu te battrais presque avec. Je divague.

– Oui, un peu, mais je pense que c'est un bon début. » Elle regarda à nouveau le croquis. Elle adorait le visuel. « Est-ce que tu ferais des photos modernes ou plutôt rétro ? Parce que je pense que ça aurait l'air super avec un truc aux tons sépia... Mon Dieu, écoute-moi ! C'est toi le photographe. »

Pilot se pencha vers l'avant. « Écoute, c'est une collaboration, Boh. On travaille *ensemble*. En plus... tu peux me commander quand tu veux.

« Ah, ne dis pas ça », dit-elle en riant, rougissant. Pilot traça une ligne avec le bout de son doigt sur sa paume et lui sourit.

« Tu vas être en retard en cours ? »

Elle secoua la tête. « Je ne suis programmée qu'à neuf heures. Je suis contente que tu aies appelé.

– Es-tu libre pour dîner plus tard ? »

Elle fit une grimace. « Ça, je ne sais pas. Kristof s'occupe toujours de Vlad et moi et son truc habituel est de nous garder en retard les soirs de semaine. Hier, j'ai eu de la chance. Je peux te le dire plus tard ?

– Bien sûr. J'ai des réunions à Manhattan toute la journée, donc à chaque fois que tu as du temps pour parler du projet, j'apprécierais, mais je sais aussi que tu as besoin de temps d'arrêt, donc je ne serai pas vexé si tu demandes du répit. »

Boh pensait secrètement qu'elle adorerait passer son temps libre avec Pilot, mais elle savait aussi qu'elle devait être mature à ce sujet. La dernière chose qu'elle voulait qu'il pense, c'est qu'elle était une écolière éblouie pour un béguin. Il la scrutait comme s'il essayait de lire dans ses pensées.

« Tout cela s'est passé vite, et Boh, je veux que tu saches... » Il hésita et détourna le regard. « Je t'ai embrassée.

– Oui.

– Ce n'était pas très professionnel de ma part, et je sais que tu pourrais penser que c'est quelque chose que je fais toujours avec mes sujets. Tu peux me croire ou non, mais ce n'est pas le cas. Je n'ai jamais été un séducteur, malgré ce que mon ex-femme pourrait dire. Si ça te met mal à l'aise, je veux que tu me le dises. »

Il la laissait tomber, regrettant visiblement de l'avoir embrassée. Boh avala la boule dans sa gorge et hocha la tête.

« J'apprécie, merci. » Ici, devant elle, se trouvait un photographe de renommée mondiale, et quand elle l'avait cherché sur iInternet, elle ne croyait pas cet homme qui l'avait embrassée et qui plaisantait avec elle pouvait être si loin de ce qu'elle pouvait avoir. « Je dois effectivement me concentrer sur la performance », dit-elle doucement, mais elle réussit à lui sourire, « ainsi qu'à notre projet.

– Je ne mettrais jamais ton travail en danger, Boh, je te le promets. » Il lui sourit. « Boh... J'ai deux fois ton âge, je suis divorcé et je suis une épave. Tu mérites mieux. »

Boh se demandait pourquoi l'atmosphère entre eux avait changé si soudainement, passant d'une atmosphère légère à une atmosphère sérieuse. « Pilot, je ne suis pas quelqu'un qui recherche la compagnie des autres, en fait, je cherche activement des situations où je peux être seule. Mais j'aime passer du temps avec toi. »

Pilot sourit. « Pareil ici. Amis ?

– Amis. »

PILOT RACCOMPAGNA BOH à la compagnie de ballet et lui dit au revoir. En retournant à la voiture, il secoua la tête. Il était resté éveillé toute la nuit à penser à elle et les doutes habituels sur sa propre valeur avaient afflué. Il avait essayé d'argumenter qu'il ne devrait pas ignorer l'alchimie qui avait été instantanément là entre eux, mais il ne pouvait pas non plus amener Boh dans sa vie de merde en ce moment. Une fois qu'il serait libéré d'Eugénie, peut-être.

Donc, il avait donné une porte de sortie à Boh.

Putain de merde.

Son téléphone sonna, et il vit que c'était sa mère qui l'appelait. « Salut, Maman.

– Salut, mon beau garçon. Comment vas-tu ? Je n'ai pas eu de tes nouvelles depuis plusieurs jours. »

Pilot se sourit à lui-même. Depuis son divorce, Blair Scamo avait été plus attentive que d'habitude, craignant que son fils ne tombe dans l'une des humeurs dépressives auxquelles il était enclin. Blair n'aimait pas Eugénie depuis le début, mais elle respectait aussi les décisions de son fils et avait été polie et gentille avec Eugénie pendant toute la durée de leur mariage. Elle avait aussi vu Pilot brisé, alors que la cruauté d'Eugénie avait pris sa fierté, sa confiance et, plus d'une fois, sa santé.

« Je suis... » Il était sur le point de lui dire qu'il allait bien, mais il savait que ce serait un mensonge. La dernière visite d'Eugénie l'avait mis à rude épreuve et il avait du mal à avancer. Il soupira. « Génie est venue me voir l'autre jour. Elle veut un bébé.

– Oh, pour l'amour de Dieu. » Il pouvait entendre la colère de sa mère. « Je l'ai déjà dit, Pilot. Tu dois l'ignorer, l'éliminer complètement. »

Il se tut un moment, et quand Blair reparla, son ton fut plus doux. « Parfois, j'oublie l'homme que j'ai élevé. Tu es trop bon, Pilot, et je sais que ça semble étrange. Tu as été victime de violence conjugale, Pilot...

– Ne dis pas ça, Maman, s'il te plaît. » Pilot grimaça aux paroles de sa mère.

« Ne sois pas macho. Il n'y a pas de honte à l'admettre, Pilot. Ça arrive aux gens les plus forts, vraiment les plus forts. Les forts et les bons. C'est le moment, mon garçon. »

LE PROBLÈME ÉTAIT – que Pilot *était* embarrassé. Humilié plus d'une fois par Génie en public, physiquement et émotionnellement attaqué en privé. Inconsciemment, il toucha la cicatrice en demi-lune au coin de son œil droit. Une bouteille de champagne brisée cette fois-là. Cela aurait pu mettre fin à sa carrière, et il n'y avait aucun doute que c'était exactement ce que Génie avait voulu lui faire – le blesser de la pire façon.

Il savait ce qu'il devait faire. Un nouvel appartement, essayer de garder les informations loin de la presse. Il devrait garder celui dans son immeuble actuel comme leurre. C'était un début.

C'était l'autre raison pour laquelle il s'était éloigné de Boh. La jalousie d'Eugénie ne connaissait aucune limite et si elle découvrait qu'il voyait quelqu'un d'autre – quelqu'un de beaucoup plus jeune et, selon Pilot, beaucoup plus belle et gentille – il ne pouvait supporter l'idée que Boh soit prise dans la fureur de la colère de Génie.

Mon Dieu, quelle putain de vie de merde. Il pouvait sentir le nuage noir descendre sur lui. Il s'arrêta et prit ses marques. Qu'est-ce qu'il allait faire ensuite ?

Il vérifia son agenda sur son téléphone et tourna sur Broadway, se rendant à son studio.

Le travail. C'est le travail qui repousserait la douleur, bien qu'il souhaite de tout son être que lorsqu'il atteindrait son atelier, Boh serait là pour le tenir dans ses bras.

CHAPITRE HUIT

« **O**ù étais-tu passée, *bordel* ? »

La rage de Kristof remplit le studio, et, humiliée, Boh posa son sac avant qu'elle ne lui réponde, essayant de ne pas faire trembler sa voix. « Je n'étais pas prévue avant neuf heures, Kristof, et il est dix heures. »

Elle vit Serena sourire. Les yeux sombres de Kristof s'enfoncèrent dans les siens. « Alors, on ajoute l'analphabétisme au retard ? » Il sortit précipitamment du studio et Boh le vit arracher les horaires de classe du tableau d'affichage sur le mur à l'extérieur du studio. Son cœur trembla. Il était clair qu'il y avait eu un autre changement tardif d'horaire. Kristof entra et lui mit le bout de papier dans les mains. Bien sûr, sous son nom était écrit : *"Mendelev, Studio 6, 8 heures du matin."*

« Je n'ai pas vu ça. Quand je suis partie hier soir, c'était encore...

– Je ne veux pas de tes excuses, Boh. Change-toi en justaucorps blanc. »

Ah. Il les faisait souvent changer de vêtements pour mieux voir les lignes de leur corps quand elles dansaient. Elle prit son sac et sortit par la porte.

« Non. Change-toi – *ici*. »

Boh s'arrêta, choquée. Un murmure fit le tour de la classe. *Qu'est-ce que c'était que ce bordel ?* Les yeux de Kristof brillèrent de malice. « Fais-le. Clairement, ça ne te dérange pas de te déshabiller pour Pilot Scamo, donc, pourquoi être si timide ?

– Qu'est-ce que tu racontes ?

– Tu le baises. On est tous au courant. Alors, viens. Change-toi et laisse-nous voir ce qu'il voit. »

Serena émit un petit rire et Boh lui lança un regard féroce. « Qui je vois dans ma vie privée, c'est mon affaire, mais tu as tort. Pilot Scamo et moi sommes juste amis et je n'ai pas l'intention de me déshabiller juste parce que tu es dans une de tes petites colères, Kristof. »

Boh entendit l'étonnement d'une partie de sa cohorte, et elle fut choquée par sa propre réaction face à l'homme. Elle vit la colère se répandre sur son visage. « Déshabille-toi ou sors », dit-il sans vaciller. « Et quelqu'un d'autre dansera le rôle principal dans l'atelier. »

Bâtard. Elle ne le laisserait pas prendre ce pour quoi elle avait travaillé si dur. Tirant ses bras dans son sweat-shirt, elle en arracha le bas pour se couvrir les fesses et enleva son pantalon et ses sous-vêtements. Kristof la regardait avec amusement alors qu'elle se changeait avec dextérité en justaucorps sans exposer aucune partie intime.

« Là, ce n'était pas si dur, n'est-ce pas ? Maintenant, en première position. »

Boh était toujours en colère à la fin du cours, et ils retournèrent tous aux vestiaires, elle accrocha son doigt à l'arrière du haut de Serena et l'attrapa par le dos. « Garde tes sales rumeurs pour toi, pouffiasse. »

Serena se détacha de l'emprise de Boh et lui fit un doigt d'honneur. « On en a tous assez de ce petit numéro de vierge effarouchée, Dali. Personne n'y croit. Alors va te faire foutre, toi et ton sordide photographe. »

Boh, furieuse, se jeta sur l'autre fille, mais Grace et Fernanda l'écartèrent. « Va te faire foutre, Serena », dit Grace, et, en riant, Serena s'en alla. « Ignore-la, Boh, elle est juste...

– Une petite sa...

– Boh ! Ça ne te ressemble pas. Allez. » Grace l'emmena à la café-téria. Lorsqu'elles furent assises, Boh soupira et croisa les bras sur la table, en posant sa tête sur eux.

« Désolé, Gracie », dit-elle. « Je suis grincheuse aujourd'hui. »

Grace la scruta. « Tu étais déjà partie quand j'ai quitté l'apparte-ment ce matin. Où étais-tu allée ? »

Boh pouvait sentir son visage brûler. « J'avais un petit déjeuner avec Pilot Scamo. »

Grace sourit. « Tu l'aimes bien.

– Oui, mais c'est une relation de travail. » Il l'avait dit clairement, pensa-t-elle tristement. Elle essaya de sourire à Grace. « Mais il va travailler avec nous tous, et je détesterais qu'une rumeur lui revienne, l'embarrasse. Fausses rumeurs.

– Tu es gentille, mais je pense que Scamo peut se débrouiller tout seul. C'est un photographe phénoménal. » Grace fouillait dans les images de Pilot sur son téléphone. Elle sourit à son amie. « Si quel-qu'un peut te saisir, Boh, c'est lui. J'ai hâte de voir ce qu'il fera.

– Avec nous tous », corrigea Boh, mais ne put s'empêcher de lui sourire. Grace rit et serra son bras.

« Tu sais quoi, Boh ? Si tu as le béguin, c'est pas grave. Tu peux sortir avec qui tu veux. Tu devrais sortir, à ton âge. Pourquoi tu ne le fais jamais ? »

Boh sentit l'angoisse habituelle s'infiltrer dans sa poitrine, la peur qui arrivait toujours quand quelqu'un questionnait sa vie solitaire. Mais avant qu'elle ne puisse lui répondre, leur attention fut captée par une vieille femme qui entrait lentement dans la pièce, son regard qui errait, son expression de confusion. Grace et Boh se levèrent immédiatement pour se mettre à ses côtés.

« Madame Vasquez ? Vous allez bien ? »

La vieille dame leur sourit à toutes les deux. « June, Sally, quel plaisir de vous voir. »

Grace et Boh échangèrent un regard. Eleonor Vasquez était une ancienne étoile, l'une des plus grandes au monde, l'une des plus longues carrières de danseuse de tous les temps, sa carrière n'ayant pas été entravée par de graves blessures. Ce qui mit fin à sa carrière, ce fut le scandale de son amour de toujours avec Céline Peletier, qui était devenu publique à une époque où l'homosexualité et les relations lesbiennes étaient encore tabous.

Vasquez, véritable flamme argentine, avait fait une déclaration publique sur son amour pour la Française. « Ma carrière de danseuse était ma passion », avait-elle dit aux journalistes. « Mais mon amour, Céline, c'est ma *vie*. »

Les deux femmes avaient été ensemble pendant plus de cinquante ans maintenant, mais le temps avait rattrapé Eleonor il y avait dix ans. La compagnie de ballet, fidèle à elle jusqu'à la fin, lui avait permis de vivre avec Céline dans l'un des appartements de la compagnie à côté des studios, et lui avait même permis d'"enseigner" encore. Quelques danseurs prenaient le temps supplémentaire pour recevoir les enseignements de cette légende vivante, Boh et Grace parmi eux. Elles s'en fichaient de devoir être qui elle voulait qu'elles soient pour cette heure.

Serena et d'autres ne voulaient pas prendre ce temps, rejetant la vieille femme comme une "vieille folle". Mais l'amour qu'Eleonor et Céline partageaient était une source d'inspiration pour la plupart des membres de la troupe, et leur soutien, Boh le savait, signifiait beaucoup pour Céline Peletier.

Grace et elle raccompagnèrent Eleonor à son appartement, où elles furent accueillies par une Céline à l'air exaspéré. « Tu t'es encore éloignée ? »

Eleonor fit un grand sourire à son amour. « Comme je suis heureuse de te voir Pétale », dit-elle, utilisant un surnom pour Céline. Céline leva les yeux au ciel et conduisit Eleonor dans l'appartement. Elle sourit avec reconnaissance à Boh et à Grace. « Merci, les filles. Maintenant, mon petit cygne blanc, au lit. »

Grace ferma la porte silencieusement et les deux femmes redescendirent lentement vers les studios.

« Ça fait réfléchir sur nos ennuis, n'est-ce pas ? »

Boh acquiesça. « Oui. » Elle se souvenait de la façon dont Eleonor et Céline se regardaient l'une l'autre et avaient mal au cœur. Avoir tant d'amour et risquer de perdre son partenaire à cause de l'horreur incessante de la démence... elle ne pouvait l'imaginer. Leur amour rendait ridicule son béguin pour Pilot. Il était un adulte et elle n'était qu'une enfant... peu importe si leur attirance en avait été si palpable que c'était fou.

« Qu'est-ce qui te tracasse ? » lui demanda Grace, mais Boh secoua la tête.

« Rien. Allons danser. »

SERENA RENIFLA la ligne blanche ivoire de la table et s'essuya les narines, souriant à Kristof alors qu'elle se couchait sur lui. « C'était un tour particulièrement cruel que tu as joué à la petite Miss Parfaite ce matin, mais je dois dire que ça m'a plu. »

Elle chevauchait son corps nu et attrapa sa queue, la caressant, essayant de le faire bander à nouveau. Il fumait un joint, la regardant attentivement. Elle connaissait ce regard dans ses yeux ; c'était de la rancune. Sa bite resta molle, et elle abandonna, roulant sur le côté de son lit et se levant.

« Où vas-tu ?

– Pisser. »

Elle alla dans la salle de bains et s'assit sur les toilettes. Coucher avec Kristof avaient été passionnant au début : le premier jour où elle était arrivée dans la compagnie, déjà membre établi d'une autre compagnie rivale, il l'avait singularisée, lui avait demandé de rester après la dernière classe de la journée.

Il l'avait baisée dans son bureau, la prenant sur son bureau et s'enfonçant profondément en elle. Depuis, il y a deux ans, ils avaient continué à coucher ensemble, mais Serena avait été déçue qu'elle ne soit restée qu'au poste de soliste. Elle avait supplié Kristof de devenir première danseuse après le départ de l'ancienne première danseuse, et elle pensait qu'elle en était proche, mais Kristof avait vu Bohème Dali danser et l'avait promue première à la place.

Il avait pacifié une Serena furieuse avec encore plus de sexe, et autant de drogues coupe-faim et de cocaïne qu'elle pouvait supporter, mais tout de même, ça l'énervait. Serena savait que Boh était la meilleure danseuse – et même, Serena aimait secrètement regarder l'autre fille danser – mais son éducation faisait qu'elle s'attendait à ce que rien ne lui soit refusé. Donc elle faisait de la vie de Boh un enfer.

Et elle savait quelque chose sur Boheme que personne d'autre ne savait. S'incrustant à une fête à l'appartement de Boh et Grace, elle avait vu une lettre manuscrite adressée à Boh et l'avait empochée sur un coup de tête. Elle n'avait pas imaginé que le contenu de cette lettre serait si salace, si *utile*. Le père de Boh était un homme mauvais, très mauvais. L'apparence purement virginale de Boh n'était qu'une *apparence*, même si elle avait été la victime de son père pédophile. Serena avait gardé le secret de Boh, pas par charité, mais elle attendait le moment opportun pour le laisser tomber sur elle.

Peut-être que ce moment arrivait plus tôt que prévu, réfléchit Serena en se lavant les mains. Elle avait imaginé parler à Kristof de la lettre, mais elle avait décidé de ne pas le faire. Son amant était déjà trop préoccupé par Boh comme ça. Elle se regarda dans le miroir, voyant que ses cheveux blonds étaient sales et, à cause de la sueur, collaient sur son front. Elle mit de l'eau sur son visage et arrangea ses cheveux. Alors qu'elle revenait dans le lit, Kristof griffonnait dans son cahier, élaborant des chorégraphies, elle le savait.

Elle s'allongea à côté de lui sur le lit. « Tu as enfin décidé la musique ?"

Kristof acquiesça. « On va faire *La Leçon*, que Liz soit d'accord ou non. C'est le ballet parfait pour un thème sur le sexe et la mort. L'obscurité, l'obsession. Pour l'amour de Dieu, Noureev l'a dansé, donc je ne comprends pas la réticence de Liz.

– Je pense qu'elle s'inquiète de la violence faite aux femmes en ces jours de *Me Too* », dit Serena sèchement. Elle choisit un joint roulé dans l'étui à cigarettes en argent de Kristof et l'alluma, toussant immédiatement et grimaçant. Elle n'avait jamais aimé l'herbe. Cela la rendait niaise, alors que la cocaïne lui donnait une énergie surhumaine. Kristof eut l'air fâché et lui enleva le joint.

« Ne le gâche pas. C'est du shit de première classe. »

Serena le regarda sournoisement. « De qui obtiens-tu du pipi sans drogue ? Je sais que tu dois l'avoir de quelqu'un, un des gars. Qui te doit une faveur comme ça, Kristof ? »

Ses yeux brillèrent dangereusement et Serena sentit un frisson de peur la traverser. Que Kristof soit lunatique était bien connu, mais à ce moment-là, Serena vit quelque chose d'autre dans ses yeux et le mot qui lui vint au cerveau fut... Dérangé... *Merde.*

« Peu importe. » Elle toucha sa queue une fois de plus et cette fois, elle devint dure. Elle le chevaucha, lui prenant doucement son carnet et lui passant les mains sur la poitrine pendant qu'elle s'empalait lentement sur sa queue.

L'expression de Kristof passa de l'énervement à la satisfaction quand ils recommencèrent à baiser et comme Serena se déplaçait sur lui, il prit ses cheveux et les enfonça dans ses mains, écrasant sa bouche contre la sienne puis gémissant, « Oona... Oona... je suis désolé, je suis *désolé*... »

Serena attendit qu'il se soit endormi pour pleurer.

CHAPITRE NEUF

« E ncore. »

Boh grinça des dents et retourna en première position. L'enchaînement était difficile, mais elle savait qu'elle l'avait réussi. Kristof jouait juste au connard. S'il savait ou non qu'elle dût rencontrer Pilot en ce moment, elle ne savait pas, mais le fait qu'elle était la seule à rester après Vlad et Jeremy lui faisait penser que oui. Elle fit l'enchaînement deux fois plus pour lui, à chaque fois parfaitement.

Kristof soupira alors qu'elle terminait sur son arabesque. « Encore. »

« Pas encore », Liz Secretariat entra dans la pièce, faisant un sourire à Boh. « Même du couloir, j'ai vu que c'était parfait, Boh. Kristof, il faut qu'on parle, Boh, tu peux partir.

– Et qui diable es-tu pour... oh, allez. » Kristof poussa un long soupir désabusé. « Dégage », dit-il à Boh, qui réussit à lui faire un doigt d'honneur dans le dos. Liz cacha un sourire et fit un clin d'œil à Boh alors qu'elle partait.

Boh courut aux vestiaires, à moitié déshabillée avant même d'arriver. Boh se doucha à la hâte et enfila une robe drapée par-dessus un justaucorps propre. Elle et Pilot prenaient des photos d'essai aujourd'hui pour déterminer les mouvements qu'elle allait faire pour lui.

Elle courut dans les rues pluvieuses de Manhattan, son excitation à l'idée de le revoir la rendant à nouveau essoufflée et presque étourdie.

Il l'attendait dans son atelier et embrassa sa joue quand elle entra dans la pièce. « Tu es trempée. »

Boh haussa les épaules mais lui permit d'enlever son manteau et de l'envelopper dans une serviette. « Viens te réchauffer. J'ai du café. »

Elle s'assit, emmaillotée dans son immense serviette, sirotant un café pendant qu'il lui présentait quelques idées. « Pour être honnête, toutes les étapes doivent venir de toi... J'ai des idées sur les formes que j'aimerais que tu traduises en danse, si c'est possible ? »

Boh acquiesça d'un signe de tête, aimant voir Pilot en mode créatif. « J'adorerais. » Elle regarda le sol de l'atelier. Des planches de bois brossé, qui avaient de la souplesse, pouvait-on espérer. Il la regarda alors qu'elle regardait le plancher et sourit.

« J'avoue... J'ai fait refaire le sol spécialement pour toi, du mieux que j'ai pu. Viens le tester pour moi. »

Boh mit ses chaussons de danse pour commencer et enleva son sweat-shirt. Elle ne portait rien d'autre que son justaucorps et une jupette autour de la taille. Elle vit les yeux de Pilot tomber vers ses tétons, qui, avec le froid, saillaient sous la matière fine, puis il détourna rapidement son regard, et sourit. Elle désirait ardemment qu'il la touche et fantasmait de saisir sa main et de l'appuyer sur sa poitrine ou entre ses jambes, mais elle se força à se concentrer.

Elle se dirigea vers l'endroit où il avait installé l'appareil et se tint devant lui. « Est-ce que j'improvise juste ?

– Comme tu veux, bébé. »

Bébé. Un frisson de plaisir descendit le long de sa colonne vertébrale. Elle commença par de petits mouvements délicats, puis des jetés et des pirouettes plus audacieux.

« Imagine que tu te bats contre la foudre », suggéra Pilot, les yeux rivés sur elle à travers l'appareil-photo. « Ou que tu *es* la foudre.

« Peut-être qu'un peu de musique aiderait. » Elle fouilla dans son sac et sortit son lecteur MP3. Pilot le brancha à sa chaîne stéréo pour elle et elle passa en revue les listes de lecture jusqu'à ce qu'elle trouve la chanson qu'elle voulait. Immédiatement, « Raise Hell » de Dorothy explosa dans le studio et Pilot sourit.

« Bon choix. »

Inspirée par la musique rock, Boh se lâcha, sauta et tourbillonna pour lui, tantôt en souriant, tantôt avec un regard féroce et déterminé sur son visage. Pilot prit des photos, criant des encouragements par-dessus la musique, s'arrêtant parfois pour placer des accessoires dans le cadre, comme une vieille caisse de peinture pour qu'elle pose dessus, ou une vieille corde lourde à enrouler sur elle.

« Putain, Boh », dit-il alors qu'elle s'arrêtait pour reprendre son souffle. « Ta place est devant un appareil. Certaines sont assez bien pour être dans l'expo et on ne fait que commencer.

– Je pense que c'est à cause de toi, Pilot, pas à cause de moi. » Elle était un peu essoufflée, mais elle riait. Elle vint voir les prises et poussa un petit cri. « C'est vraiment moi ? »

Pilot gloussa. « Oui, vraiment. Tu vois ce que je veux dire ? Tu es une déesse. »

Ils se tenaient près, très près, le sein gauche de Boh contre sa poitrine alors qu'elle se penchait sur lui pour regarder dans son appareil photo. Elle le regarda dans les yeux et ils ne se quittèrent pas des yeux. Pendant un long moment, ils se regardèrent fixement, puis Pilot fit un petit sourire.

« On pourrait ralentir les choses, faire des mouvements plus fluides. »

Son cœur battant vite, elle se força à s'éloigner de lui. « J'ai travaillé sur quelque chose », lui dit-elle, un peu nerveuse dans la voix. « Personne ne l'a encore vu, mais si tu veux bien ?

– J'en serais honoré. »

Tremblante, Boh changea la musique sur la chaîne stéréo. « Tu connais Olafur Arnalds ?

– Le compositeur islandais ? Oui. »

Elle sourit, ravie. « Il a cette chanson, "Reminiscence", que j'adore et dès que je l'ai entendue, j'ai voulu danser dessus. Ce n'est pas très travaillé, mais... »

Elle commença à danser sur la musique, en utilisant une combinaison de danse classique et de danse libre pour se tordre et se courber selon la musique sombre et délicate, déversant toutes ses émotions dans la danse, fermant les yeux, laissant toute sa douleur à sa famille, son amour pour son art, et sa sensualité cachée couler à travers elle. Elle entendit les clics de l'appareil photo de Pilot au début mais quand elle s'arrêta, elle ouvrit ses yeux et le vit.

Il ne prenait plus de photos, mais il la regardait, ses yeux verts pleins de... Quoi ? Elle continuait la danse mais revenait sans cesse à son regard, dansant pour lui seul maintenant, laissant rayonner son attirance pour lui à travers son corps, un désir, un besoin.

Alors que la musique se terminait, elle s'approcha de lui passant le bout de ses doigts le long de sa joue. Elle entendit sa respiration hachée et sourit. Très lentement et délibérément, elle baissa l'épaule de son justaucorps et exposa sa poitrine nue. Pendant un moment, elle crut qu'il pourrait s'éloigner, puis, avec un gémissement, il baissa la tête et sa bouche se ferma autour de son mamelon.

Boh vacilla un peu, ne s'attendant pas à la ruée de plaisir qui inonda son système. Elle emmêla ses doigts dans ses boucles alors que sa langue tournait autour de son mamelon, et sa bouche affamée la léchait. Ses bras passèrent autour de sa taille et la tirèrent contre lui et elle pouvait sentir sa queue, épaisse et longue contre son jean, et combien il la voulait.

Il leva les yeux et elle hocha la tête à la question dans ses yeux, son corps criait de la toucher. Ses mains se dirigèrent vers son chignon et libérèrent ses cheveux pour qu'ils se répandent dans son dos.

« Boh... tu es sûre ? »

Elle hocha de nouveau la tête, ne voulant pas parler au cas où elle briserait le sort. Pilot la porta dans ses bras et l'emmena sur le canapé contre le mur du studio. Elle laissa tomber sa tête sur son épaule, ses lèvres contre son cou, et quand il la coucha, il la couvrit de son corps. Il balaya les cheveux de son visage, les yeux pleins de désir.

Elle l'embrassa, sa bouche cherchant ses lèvres alors que ses mains passaient sous son T-shirt pour lui caresser le ventre, les muscles durs et tremblants sous son toucher. Pilot attrapa et retira son T-shirt d'un mouvement facile.

Boh soupira à la vue des épaules larges, aux pectoraux durs, et retraça de ses doigts le petit tatouage sur son bras. « Qu'est-ce que c'est ?

– Désolé d'être prosaïque », sourit-il en lui embrassant le coup. « C'est juste le blason de la famille.

– Non, ça me plaît. » Elle tremblait alors qu'il ôtait doucement son justaucorps, exposant ses seins et son ventre ; il se pencha pour en embrasser la courbe douce, la langue autour de son nombril.

« Bon sang, tu es magnifique », murmura-t-il doucement, tandis que ses doigts se contorsionnaient jusqu'à l'attache de sa jupe. »

Puis ils se figèrent tous les deux quand quelqu'un frappa à la porte du studio. « Pilot !

– Merde. » Pilot s'éloigna de Boh et renfila son T-shirt. Il donna son sweat-shirt à Boheme. « Je suis désolé, bébé. Je vais me débarrasser d'elle. »

Il se précipita vers la porte et l'ouvrit. Boh était sous le choc, mais elle se glissa dans son sweat-shirt et fit semblant de nouer ses rubans de chaussons de danse.

« Eugénie... Qu'est-ce que tu fous là ? » Pilot avait l'air furieux – et fatigué.

Une blonde mince comme une épingle le poussa. « Tu devais me rappeler, Pilot. J'ai laissé des messages. Qu'est-ce que... ? » Elle s'arrêta quand elle vit Boh. Boh regarda l'autre femme, en gardant son visage neutre.

« Bonjour », dit-elle poliment. La femme blonde – Eugénie – la dévisageait.

« Et c'est qui, bordel ? »

« Non que ce soit tes affaires », dit Pilot d'une voix de glace. « Mais c'est Boh. Elle pose pour moi pour mon exposition. Boh est première danseuse à la NYSMBC. Je sais que tu en as entendu parler – n'as-tu pas baisé Wally après leur dernier gala de charité ? »

Boh grimaça, mais Eugénie ignora la pique. Elle s'avança pour inspecter Boh de plus près. Boh se tenait debout, mais elle pouvait sentir l'odeur de l'alcool dans l'haleine de l'autre femme, et voir le léger saupoudrage de coke sur sa lèvre supérieure.

Eugénie la regardait de haut en bas. « *Vous* êtes première danseuse ?

– Oui. » Boh gardait un ton neutre, ni amical ni grossier.

Eugénie eut un sourire narquois. « Êtes-vous seulement américaine ?

– OK, stop. » Pilot saisit Eugénie par le bras et la dirigea vers la porte. Eugénie gloussait. « Elle te dit qu'elle est la première danseuse, Pilot, mais je pense que c'est juste du personnel... »

Pilot, le visage contracté par la colère, la poussa hors du studio et claqua la porte. Il se retourna vers Boh, qui était debout, choquée. Est-ce que c'était vraiment arrivé ? Est-ce que cette salope maigrichonne l'avait vraiment traitée de « *personnel* » ? Boh avait suffisamment souffert de racisme dans sa vie qu'elle avait l'habitude, mais de façon aussi inattendue ?

« Boh, je suis désolé, je...

– C'était *qui*, bordel ? » Elle le regarda avec des yeux incrédules.

Les épaules de Pilot s'affaissèrent. « Mon ex-femme.

– *Tu* étais marié à *ça* ? » Boh réalisa que sa voix devenait de plus en plus aiguë, mais le choc de presque coucher avec lui, puis d'être interrompue par cela...

Pilot hocha la tête et elle remarqua à quel point il avait l'air fatigué et angoissé. Son visage s'adoucit et elle s'approcha de lui, enroulant ses bras autour de lui. « C'est pas grave. »

Il enterra son visage dans son épaule. « Non... », sa voix était étouffée. « Mais c'est ma réalité. » Il leva les yeux et Boh fut choquée par la douleur dans ses yeux. « Je suis désolé, Boh.

– Ce n'est pas ta faute. » Elle plaça la paume de sa main contre sa joue. Il se pencha un peu et elle caressa son pouce sur son visage. « Qu'est-ce qu'elle t'a fait ? » Sa voix était un murmure.

Pilot secoua la tête. « Je ne veux pas vraiment en parler, si ça ne te dérange pas.

– Ça ne me dérange pas. » Elle lui fit un petit sourire. « On n'est pas encore au moment où on se raconte nos histoires. »

Pilot lui sourit. « Et puis, bien que je n'aimerais rien de plus que de te faire l'amour, Boh... on n'y est pas encore non plus. Je suis désolé pour tout à l'heure. »

Elle ne fut pas piquée ; elle savait qu'il avait raison. « Je sais. Appelle-ça... l'étape numéro deux. »

Il gloussa. « Je veux faire ça bien », lui dit-il, les yeux sérieux. « Travaillons ensemble, et sortons ensemble. Amusons-nous avant que ça ne devienne trop... tout va si vite ces jours-ci. Et l'anticipation ? Et la lenteur ? » Il appuya ses lèvres sur les siennes. « Et il y a tant de choses à considérer si on décide d'essayer. Mais, pour l'instant, ce que j'aimerais, ce dont j'ai désespérément besoin, Boh, c'est du fun. »

Elle gloussa. « Alors ok, beau gosse. » Elle soupira. « Mais je pense que je devrais y aller, maintenant. »

Il sourit. « Reste s'il te plaît. On peut commander des pizzas, regarder de vieux films, parler des photos qu'on a prises. »

Boh réfléchit à comment elle se sentait. Ses émotions tournoyaient encore à l'intérieur d'elle, son désir irrésistible pour Pilot, mais le moment avait été ruiné par son ex-femme vicieuse. Voulait-elle vraiment que sa première fois avec lui soit ternie par cela ?

Non.

Mais elle ne voulait pas non plus dire au revoir. Elle toucha son visage. « J'aimerais bien. » Elle fut récompensée par le sourire enfantin qu'elle adorait. Ils s'installèrent sur le canapé quand leur nourriture arriva, puis regardèrent des films et discutèrent tard dans la nuit. Ils s'endormirent sur le canapé, les bras enroulés l'un autour de l'autre. Tandis que Boh cédait au sommeil, elle sourit lorsqu'elle sentit les lèvres de Pilot contre les siennes et souhaita pouvoir s'endormir de cette façon pour le reste de sa vie.

CHAPITRE DIX

K ristof fêtait sa victoire. Après le départ de Boh, lui et Liz s'étaient finalement assis pour discuter de son spectacle. « *La Leçon* », avait-il dit fermement, et leva les mains avant qu'elle ne puisse discuter avec lui. « Non-négociable. Tu connais mes raisons – c'est le ballet ultime sur le sexe et la mort. »

Liz soupira. « Et le plus controversé. » Elle réfléchit pendant un moment puis se retourna vers lui. « D'accord. Je suis d'accord à condition d'inclure, dans les deux autres parties, des ballets avec un côté plus doux. *Roméo et Juliette*, et *La Sylphide*. »

Kristof acquiesça. « Très bien. *La Sylphide* d'abord, puis *Roméo*, puis *La Leçon* comme final. » Il se souvint d'une promesse. « Boh et Vlad pour *La Sylphide*, Serena et Jeremy pour *Roméo*, puis Boh et Elliott pour *La Leçon*. Voilà qui je veux, Liz. »

« Tu promeus Serena au poste de première danseuse ? »

« Oh que non. Soliste, mais j'ai besoin d'un autre visage pour Roméo. »

Liz le scruta. « Boh est prête ? »

– Plus que prête, malgré ce que je lui dis. Ça ne fait jamais de mal de les laisser deviner. » Kristof soupira en se frottant le nez machinalement. Liz ne manquait jamais rien.

« Tu n'oublieras pas de soumettre ton échantillon d'urine à un test ? »

Kristof lui fit un sourire suspicieux. « Tous les vendredis midi, comme une horloge. Ne t'inquiète pas, Liz. Je sais ce que je dois faire pour garder mon travail. »

MAINTENANT, alors qu'il rentrait en taxi à son appartement de Lenox Hill, Kristof souriait. Qu'il se drogue ou non n'aurait plus d'importance après le spectacle. Son travail serait considéré, une fois de plus, comme révolutionnaire, viscéral, dramatique, et avec Boh comme point central, la première première danseuse amérindienne... le ciel était sa limite.

Il ouvrit la porte de l'appartement et poussa une pile de courriers dans le coin. Il n'y jeta pas même un coup d'œil, sachant ce que signifiaient les enveloppes brunes. Il attendait que celles qui portaient la marque rouge « Urgent » arrivent. Il avait mieux à faire.

Maintenant qu'il avait eu le feu vert, il voulait faire avancer les choses. Il organiserait les répétitions, et les danseurs devraient supporter les longues heures de travail. Ils devaient être au-delà de la perfection.

Il sourit et s'assit à son bureau, prenant du papier neuf et des crayons. Avant la fin de la semaine, il l'aurait, le plan, prêt à travailler avec les danseurs sur la chorégraphie.

Pour une fois, Kristof ne se jeta pas dans l'oubli avec de la drogue. Il avait besoin d'un esprit aiguisé, alors qu'il écrivait et dessinait des pas et des costumes, il imaginait Boh comme l'élève dans *La Leçon*, effrayée et terrifiée quand le maître l'approchait avec son couteau.

BOH SE RÉVEILLA et sourit en voyant Pilot endormi à côté d'elle. Elle le regarda, ses longs cils foncés sur ses joues, sa barbe plus longue maintenant. Elle traça doucement les cernes violet foncé sous ses yeux, et il les ouvrit, leur vert brillant toujours éclatant pour elle.

« Bonjour. »

Il sourit et pressa ses lèvres contre les siennes. « Bonjour, ma belle. Désolé pour l'haleine du matin.

– Moi aussi. » Mais ils s'embrassèrent quand même. « J'aime me réveiller avec toi, Pilot. »

Il sourit et comme ils s'asseyaient et s'étiraient, il la rapprocha et la serra dans ses bras. « Tu me croirais si je disais que j'ai mieux dormi hier soir sur ce vieux canapé grumeleux que je ne l'ai fait depuis des années, peut-être une décennie ?

– Pareil. Serait-ce fleur bleue de dire que c'était la meilleure soirée de ma vie ? » Boh écarta les boucles foncées de son visage. « D'accord, c'était fleur bleue, mais c'est quand même vrai. Tu fais que je me sens si en sécurité, Pilot, si... entourée. »

Il sourit. « Si... *aimée* ? »

Son cœur s'arrêta. « Quoi ? »

Il gloussa. « Je ne dis rien de trop exagéré, mais il y a quelque chose de remarquable entre nous, je crois. Je n'ai jamais ressenti ça... » Il cherca le mot juste, puis la regarda à nouveau. « C'est vrai, tu sais ? Mon instinct me dit, tout me dit qu'on était fait pour se rencontrer.

« Je le sens », dit-elle simplement. « Je le sens aussi. » Elle appuya son front contre le sien. « Et... merci. Merci pour hier soir, pour la soirée... avant *elle* et après. La plupart des hommes auraient pris ce qu'ils voulaient de moi, quels que soient mes sentiments. »

Pilot l'embrassa de nouveau, les lèvres douces contre les siennes. « Je ne suis pas la plupart des hommes.

– Tu peux le répéter. » Ses yeux glissèrent sur l'horloge du mur du studio. « Merde. Je dois être au travail dans trente minutes.

– Il y a une douche ici, dans la petite salle de bains là-bas. » Il sourit. « Je me joindrais bien à toi, mais je ne pense pas que tu arriverais au travail en une demi-heure si je le faisais. »

Boh rit. « Je dirais que c'est une évidence. »

Quand elle eut fini dans la salle de bains – heureusement, elle avait toujours des sous-vêtements de rechange avec elle pour le travail – elle vit que Pilot lui avait fait un thermos de café à emporter.

« Je n'ai pas de céréales ou de pain ici, mais voilà. » Il lui donna une barre de céréales et elle sourit.

« Petit-déjeuner des champions.

– Tu veux que je t'accompagne au studio ? »

Elle secoua la tête. « Tu as du travail, bébé. » Elle rougit un peu avec ce surnom qui sortit sans prévenir, mais son sourire en réponse en valut la peine.

Il l'embrassa sur le pas de la porte. « Je t'appelle plus tard.

– J'ai hâte. »

ALORS QU'ELLE se rendait au travail en buvant le café qu'il lui avait préparé, Boh avait l'impression que la nuit dernière avait été un rêve. Elle lui avait dit la vérité quand elle lui avait dit qu'elle se sentait en sécurité – être si proche d'un homme avait toujours été traumatisant, si l'autre homme n'était pas danseur de ballet – mais avec lui...

Boh se demandait comment son gentil et doux Pilot au cœur tendre avait pu épouser cette blonde raciste. Le visage de Boh devait montrer un air renfrogné lorsqu'une femme qui se tenait à côté d'elle à un passage pour piétons sembla alarmée et s'éloigna. Boh lui fit un sourire d'excuse, puis quand ils eurent traversé, elle repensa à l'ex de Pilot... Quand elle l'avait googlée, il était dit que son ex-femme était une femme de l'Upper East Side qui travaillait régulièrement pour une œuvre caritative. Il n'y avait rien de charitable chez la femme qu'elle avait rencontrée hier soir.

« Oh, visage sérieux. Tu as tiré sur la corde ? » Elle n'avait pas vu Elliott arriver à côté d'elle alors qu'ils s'approchaient de l'immeuble de la NYSMBC. Elliott était l'une de ses personnes préférées et c'était un danseur exquis.

« Ah, personne d'important. J'ai l'impression de ne pas t'avoir parlé depuis un bail, El.

– Tout pareil, ma belle. Mais j'ai des nouvelles. Jeremy m'a envoyé un texto plus tôt : Kristof a l'autorisation de faire *La Leçon*. »

Les sourcils de Bohse soulevèrent. « Vraiment ? Je pensais que Liz allait être dure avec lui pour qu'il laisse tomber.

– Il a réussi. Bien qu'elle l'ait forcé à inclure *Roméo et Juliette* – ne fais pas cette tête, certains d'entre nous l'aiment bien. » Elliott sourit à sa grimace. « Bien que je n'espère pas avoir un rôle-titre. Jeremy et Vlad les auront. »

Boh scruta son ami. « Toujours le béguin pour Jeremy ?

– Je crois que ça va quelque part. On a traîné ensemble l'autre soir, juste pour boire et manger de la pizza, mais c'était bien.

– De l'action ? » Boh lui sourit, mais intérieurement, elle était embêtée. Elle savait que Jeremy profitait au maximum du béguin d'Elliott pour lui, et elle ne croyait pas un seul instant que Jeremy avait l'intention d' « être » avec Elliott, il l'utilisait et ça l'énervait. Mais elle ne pouvait pas s'en mêler, ce n'était pas son rôle. Elle espérait juste qu'Elliott ne serait pas blessé.

« Non, mais, tu sais, la lenteur... »

Boh sourit, se souvenant de ce que Pilot avait dit hier soir. « Je sais, oui. »

Elliott la frappa avec son épaule. « Comment se fait-il que tu détestes tant *Roméo et Juliette* ? »

Parce que mon père l'adore. « C'est l'angle des angoisses de l'adolescence. Je veux dire, vos familles sont riches, et vous n'êtes qu'à quelques années de la maturité où vous pourrez être ensemble. Pourquoi vous suicider, gros cons ? »

Elliott ricana. « Tu ne crois pas au coup de foudre ? »

Elle était prête à dire non, sa réponse habituelle, mais maintenant elle ne savait pas si c'était vrai. Avec ce qu'elle ressentait pour Pilot, dès ce premier jour – était-ce vraiment différent de l'amour instantané entre les amants adolescents de Shakespeare ?

Elle repoussa cette idée. *Je ne suis pas amoureuse de Pilot Scamo. Pas encore.* En entrant dans le bâtiment et dans les vestiaires, ils entendirent la voix aiguë et grinçante de Serena.

« Je veux dire, pourquoi ? Pourquoi est-elle sous les feux des projecteurs ? Qu'est-ce qu'elle a de si spécial ? »

Boh et Elliott se regardèrent et tous deux levèrent les yeux au ciel. Serena ne pouvait que râler à propos de Boh... encore.

« Boh est la première danseuse, que ça te plaise ou non, Serena », disait Grace quand Boh et Elliott entrèrent dans le vestiaire. Grace fit un clin d'œil à Boh, qui lui sourit en retour. « Sois juste reconnaissante d'avoir eu le rôle principal dans le segment du milieu. »

Boh leva les sourcils vers son amie et Grace sourit. « Tu es le rôle principal pour *La Sylphide* et *La Leçon*, poulette. Félicitations. Personne ne pourrait faire mieux.

– Merci, Gracie.

– Bon sang », Elliott tenait un bout de papier. Il leva les yeux, ravi. « Je suis ton partenaire pour *La Leçon*. »

Boh était ravi pour son ami, il avait travaillé dur dans le corps de ballet pendant des années, perdant la plupart du temps face à Vlad et à Jeremy pour les rôles principaux. Quand Vlad avait été promu premier danseur à la place d'Elliott, il avait été détruit. Maintenant il était surexcité et fit sauter Boh et la fit tournoyer.

Tout le monde sauf Serena rit en les voyant. Elle arrêta son maquillage et sortit en trombe. « Ding dong, la sorcière est morte », chanta Vlad avec son accent russe.

Leur bonne humeur dura jusqu'à ce que le cours de Kristof – qui avait été prolongé à trois heures –, ait lieu en fin d'après-midi. Il les faisait courir, épuisés, critiquant tous les pliés ou ports des bras. « Vous avez l'air d'une bande d'ouvriers du bâtiment », leur cracha-t-il.

Elliott commença à chanter « YMCA » et les autres se mirent à rire. Kristof passa entre eux et ils se turent. Ces yeux étroits se centrèrent sur Elliott. « Tu trouves ça drôle ? »

Elliott se tut, mais Boh remarqua un petit sourire au coin de ses lèvres. Il rencontra l'œil de Kristof et quelque chose se passa entre eux qu'elle ne comprit pas.

Kristof poussa un soupir mais passa à autre chose. Oh. Son habitude d'exploser et de faire un exemple de quelqu'un manquait à l'appel aujourd'hui, et cela l'étonna.

À la fin de la journée, Boh était épuisée. Kristof lui avait fait revoir encore et encore sa chorégraphie pour *La Sylphide*, et maintenant, quand elle enleva ses chaussons, ses orteils étaient fendus et en sang. Elle espérait que Pilot n'était pas fétichiste des pieds parce que, n'importe quelle ballerine vous le dirait, leurs pieds n'étaient beaux qu'avec des chaussons quand elles dansaient.

« Beurk », dit-elle en grimaçant, et elle arracha un ongle d'orteil. Ça aurait pu être pire, mais ce qui *était* pire, c'étaient les vertiges.

Cela avait commencé vers quatre heures de l'après-midi et bien que Boh ait continué, la situation s'était aggravée progressivement avec le temps. Elle jeta un coup d'œil à l'horloge. Dix-neuf heures. Elle attendit que le vestiaire se vide, puis elle appuya sa tête contre le carrelage frais du mur et ferma ses yeux. Des étincelles lumineuses passaient derrière ses paupières et elle eut envie de vomir.

Son téléphone bipa. *Tu as fini ? Tu veux que je vienne te chercher ? P x*

Avant qu'elle ne puisse répondre, Grace vint la trouver et jeta un coup d'œil à son amie, et s'agenouilla à ses côtés. « Hé, cocotte... tu as encore des vertiges ?

– Encore ? »

Grace lui sourit doucement. « Les vomissements, les tablettes de fer extra-fortes sur ta table de nuit ? On vit ensemble, Boh. » Elle tira doucement la peau sous l'œil de Boh vers le bas. « Anémie ? »

Boh acquiesça. Elle aurait dû deviner que Grace le découvrirait – rien ne lui échappait.

Grace fronça les sourcils. « Combien de temps ?

– Quelques mois. C'est léger, mais parfois...

– Ouais. Allez. Je vais te nourrir de steak cru et d'épinards, Popeye. »

Elle aida Boh à se lever, mais Boh hésita et Grace sourit soudainement. « À moins que tu aies une meilleure offre ?

– Pas une *meilleure* offre », protesta Boh, ne voulant pas blesser son amie, mais Grace se mit à rire.

« C'est un amour, c'est ce que j'entends », dit-elle en baissant la voix. « Nelly chantait ses louanges quand j'étais dans son bureau l'autre jour. Salope d'ex-femme. »

Boh gloussa. « Oui, je l'ai rencontrée hier soir. Elle mérite ce titre.

– Tu es restée chez lui ?

– Son studio, sur le canapé. » Boh pouvait sentir son visage flamboyer, mais elle ne pouvait pas non plus cacher son sourire et Grace gloussa de rire.

« Tu es prête ? »

Boh cligna des yeux. « Pour quoi ? »

Le sourire de Grace s'élargit. « Pour le premier et, espérons-le, le *dernier* amour de ta vie ? »

Même la voir, les cheveux en bataille, sans maquillage, était comme une dose d'héroïne pure dans les veines de Pilot – non pas qu'il sache ce que ça faisait – mais il ne pouvait pas imaginer que ce serait mieux que Boh lui souriant. « Salut, belle fille.

– Salut, beau gosse. »

Il s'éloigna de sa voiture où il s'appuyait et la prit dans ses bras. Boh l'embrassa, mais quand elle s'éloigna, elle tangua un peu et il la rattrapa. « Ça va ?

– J'ai un peu le vertige, c'est tout. »

Il l'installa dans le siège passager de la voiture. « Tu dois voir un médecin ? »

Elle lui sourit. « Non, je vais bien. Juste épuisée. »

Pilot tendit la main et lui caressa le visage tendrement. « Tu veux venir à la maison avec moi ? Je sais cuisiner.

– Ah bon ?

– Je suis à moitié italien, tu te souviens ? » Il sourit tandis qu'elle gloussait soupirant de bonheur. Il colla ses lèvres contre les siennes, puis, à l'angle, il vit Kristof, debout à l'extérieur du bâtiment, les regardant. Pilot s'éloigna de Boh et salua Kristof avec sarcasme.

Boh regarda et gémit. « Vite, pars, avant qu'il ne décide que je doive répéter encore trois heures.

– Je l'en dissuaderai », dit Pilot, la voix neutre. Il vit Kristof finir sa cigarette et s'approcher de la voiture. *Non, connard. Elle est fatiguée et elle rentre avec moi.* Tenté de faire un doigt à Kristof, il se retint et sortit plutôt la voiture de sa place.

Le temps qu'ils rentrent à son appartement, Boh dormait. La soulevant doucement de la voiture, il la porta à l'ascenseur et à son appartement.

Il hésita avant de l'emmener dans sa chambre mais il l'allongea sur le lit, tira une couverture sur elle endormie et lui enleva ses baskets.

Il la laissa dormir et alla à la cuisine pour préparer quelque chose à manger. Son père avait été un gastronome, ce qui avait probablement contribué à sa crise cardiaque précoce à cinquante-six ans, mais Pilot et sa sœur Ramona avaient tous les deux passé des heures avec lui dans leurs énormes cuisines dans leur ferme en Italie et dans leur hôtel particulier dans l'État de New York, apprenant l'art de la cuisine.

Il faisait des gnocchis maintenant, à partir de zéro, en roulant la pâte comme son père le lui avait appris. *Papa, tu aurais été fier – et tu aurais aimé Boh.* Après avoir formé les petites boules de pâte, il les recouvrit d'un linge humide en attendant que Boh se réveille.

Pendant qu'il attendait, il se connecta à son ordinateur portable et passa en revue les photos qu'ils avaient faites la veille. Certaines d'entre elles étaient assez bonnes pour être dans l'exposition à son avis, et il envoya quelques photos d'essai à Grady pour avoir son opinion. Grady alla droit au but. *Cette fille. Pas de gadgets. Pas de thème. Juste elle.*

Pilot n'aurait pas pu être plus d'accord. Bien qu'il aimât toujours l'idée des cages de Faraday, ça pouvait attendre qu'ils aient le temps de le faire. Grady avait raison. Là, c'était juste Boh.

« Hé. »

Il leva les yeux et la vit, s'appuyant timidement contre la porte de la cuisine. Il s'approcha d'elle et l'entraîna dans ses bras. « Hé. Tu as bien dormi ? »

Elle hocha la tête. « Désolée de m'être endormie. »

Il l'embrassa. « Ne t'excuse jamais. Tu étais fatiguée. Tu as faim ? »

Elle hocha la tête et il lui prit la main. « Viens me regarder cuisiner. »

Elle s'assit avec un verre de vin rouge devant elle, regardant Pilot préparer leur souper. « Tu as fait ça ? Tout ça ? »

Pilot sourit. « Je t'avais dit que je savais cuisiner.

– Y a-t-il quelque chose que tu ne saches pas faire ? » Il n'y avait pas de double sens dans ses paroles et elle le regardait avec des yeux remplis... d'amour. Il s'éclaircit la gorge et détourna les yeux. L'ego en lui voulait qu'elle croie qu'il était parfait, mais ce n'était pas une façon de commencer une relation. « Il y a plein de choses que je ne sais pas faire, Boh. Plein. Je ne peux pas réparer les erreurs que j'ai faites dans ma vie.

– Personne ne peut, bébé.

– Je... », hésita-t-il. « J'ai fait une grosse erreur, Boh, et même si je suis si heureuse avec toi, cette erreur est toujours...

– Eugénie ? »

Pilot acquiesça d'un signe de tête. « Pour un homme comme moi, pour n'importe quel homme, admettre qu'il a été maltraité par sa conjointe... c'est dur... Mais je ne peux pas commencer cette relation avec toi sans que tu saches à quoi j'ai eu à faire face, au cas où... ça revient pour nous faire mal. Tu as vingt-deux ans, Boh et...

– Mon père m'a agressée sexuellement dès l'âge de douze ans », l'interrompit Boh, sa voix tremblant. « Ma mère savait. Mes sœurs savaient. Il est mort récemment, et j'ai refusé d'aller à l'enterrement. Ma sœur m'a traitée de pute. De *pute*. » Elle se leva et alla le voir. « Et jusqu'au jour où je t'ai rencontré, je n'ai jamais su ce que pouvait être le bonheur. Ce que signifiait la confiance, l'amour et l'honnêteté. Et jusqu'à hier soir, la personne contre qui j'avais le plus envie de m'opposer, c'était lui, pour m'avoir fait du mal. Mais maintenant, je veux tuer cette salope pour t'avoir un jour, *un jour*, fait du mal. »

Pilot fut stupéfait par sa déclaration, par la révélation de son terrible passé. « Si ton père n'était pas déjà mort... »

Elle sourit d'un air sinistre. « On a tous les deux un passé. Ensemble, je sais qu'on peut tout arranger, beau gosse. » Sa voix était un murmure maintenant, et bien que son visage montre sa jeunesse, ses paroles la rendaient plus mûre qu'il n'aurait pu l'imaginer.

« Je t'adore », dit Pilot. « Je t'adore, Boheme, et nous nous connaissons depuis quoi ? Une semaine ?

– Le temps est une construction des hommes. Ça n'a rien à voir avec l'amour, Pilot Scamo. » Elle inclina la tête pour l'embrasser et ses lèvres s'écrasèrent contre les siennes.

Boh se pencha et éteignit la cuisinière, éloignant l'eau bouillante des flammes, et mit un couvercle sur la sauce. Pilot la regarda, les mains sur la taille, et quand elle le regarda à nouveau, il savait ce qu'elle faisait. « On aura ça plus tard, Pilot », dit-elle doucement.

« Plus tard ? »

Elle le regarda d'en-dessous ses cils. « *Après...* »

Elle lui prit la main et le conduisit à sa chambre. Son assurance apparente était démentie par le fait qu'elle tremblait de tremblements incontrôlables. « C'est bon », dit-il, ses lèvres contre les siennes. « Je vais te montrer. »

Elle hocha la tête et leva les bras pour qu'il glisse son sweat-shirt sur sa tête. Pilot laissa tomber son haut sur le sol, et se pencha pour embrasser sa bouche, puis laissa passer ses lèvres le long de l'os de sa mâchoire. Ses doigts glissèrent sous les bretelles de son soutien-gorge et les firent glisser le long de ses épaules. Boh se pencha vers lui alors qu'il embrassait ses épaules, sa clavicule, sa gorge.

Pilot la regarda en face ; il pouvait voir qu'elle avait peur, mais il pouvait aussi voir le désir en eux. « Bébé, un mot et j'arrête, d'accord ?

– Ne t'arrête pas. » Sa voix était un murmure. Ses doigts étaient dans ses cheveux, caressant ses boucles sombres, et il la souleva dans ses bras, la déposant sur le lit. Il défit lentement son jean et le retira, les mains sur son corps, en lui caressant le ventre. Il aimait le fait qu'elle n'était pas seulement de la peau sur les os, qu'elle avait conservé ses courbes même si elle était tonique et athlétique. Il appuya ses lèvres contre la courbe douce de son ventre, frappant le nombril avec sa langue et ses mains baissèrent sa culotte le long de ses jambes.

. . .

BOH POUSSA un cri alors qu'il allait plus bas et que sa bouche trouva son sexe rasé. Sa langue s'enroula autour de son clitoris, le taquinant et le chatouillant, et elle sentit un flot d'émotion et de plaisir se diffuser à travers elle. Il était doux, se retenant, elle savait qu'il avait deviné que c'était sa première fois, vraiment. Alors que sa bouche lui faisait plaisir, Boh se laissa finalement aller, des larmes coulèrent sur son visage mais avec un sourire sur son visage. Il la fit jouir, haletant et pantelant, et quand il remonta dans le lit pour lui embrasser dans la bouche, elle lui sourit à travers ses larmes.

Pilot embrassa les larmes. « Est-ce que ça va ?

« Très bien, Pilot. Plus que très bien... Ce sont des larmes de joie, je te le promets. » Elle se pencha vers le bas toucha son érection à travers son jean. « S'il te plaît, Pilot... Je te veux. »

Il se déshabilla rapidement et déroula un préservatif sur son gros membre impressionnant. Alors qu'il mettait ses jambes autour de sa taille, ses yeux étaient sérieux. « Souviens-toi, si tu veux arrêter, on arrête. »

Elle baissa la tête pour embrasser sa bouche. « Je te veux », répéta-t-elle et Pilot sourit.

Boh ressentit un moment de terreur alors que sa bite était à l'entrée de son sexe, mais comme il glissait doucement en elle, toute sa peur la quitta. Dieu, cet homme... Alors qu'il la remplissait, ses yeux ne quittaient jamais les siens, cherchant, interrogeant... Elle serrait ses cuisses autour de sa taille alors qu'ils commençaient à bouger, faisant l'amour lentement au début, puis à mesure que l'intensité montait entre eux, plus fort, plus vite, plus profondément.

Cette fois, son orgasme la traversa comme une bombe, la faisant crier, courber le dos, le supplier de ne jamais s'arrêter... Des étincelles vives remplirent ses yeux et elle suffoqua, espérant que ce sentiment ne s'arrête jamais, se moquant de vivre ou de mourir à cet instant.

Pilot gémit quand elle sentit son corps avoir un spasme avec son propre orgasme, et elle caressa son visage pendant qu'il se remettait, sa peau humide de sueur, son sourire énorme. « Dieu, Boh... »

Oh, comme je t'aime. Mais elle ne le dit pas, sachant que ce genre de déclaration était beaucoup trop tôt, même si elle savait sans aucun doute que c'était vrai. « Merci », chuchota-t-elle. « Tu enlèves la douleur. »

Pilot gloussa, un peu incrédule. « Tout pareil, ma belle." Il l'embrassa et s'excusa pour aller s'occuper du préservatif usagé. Boh resta étendue sur le lit, regardant le plafond, essayant de faire face au tourbillon d'émotions qui l'envahissait.

Quand Pilot revint, elle lui tendit les bras et il s'y précipita. Ils s'embrassèrent, et Boh lui caressa le visage. « Tu es l'homme le plus merveilleux. »

Pilot rit doucement. "Ce n'est pas vrai, mais j'espère l'être pour toi, Boh. » Il leva la main et embrassa le bout de ses doigts. "Je dois te demander : la différence d'âge ne te dérange pas ? »

Elle secoua la tête. « Comme je l'ai dit, le temps est une construction humaine.

– Je suis fou de toi, Boheme Dali. »

Elle sourit et l'embrassa. « Pilot ?

– Ouais, bébé ? »

Son estomac grogna, et ils rirent tous les deux. « De la nourriture maintenant ?

– De la nourriture, s'il te plaît. »

Elle s'émerveilla devant les parfaites petites boulettes de pâte de pommes de terre alors qu'elle mettait le dernier de ses gnocchis dans sa bouche. « Tu es un génie.

– Ha, c'est vraiment un plat très simple. » Pilot se pencha et attrapa une petite goutte de sauce marinara près de sa bouche avec son doigt. Elle lui sourit.

« On n'arrête pas de se nettoyer l'un l'autre. »

Pilot rit. « C'est étrange que tu dises ça parce que ce que j'ai en tête pour nous est très, très sale. »

Boh gloussa et glissa hors de sa chaise pour aller vers lui. Il la prit dans ses bras. « Écoute, j'ai des nouvelles de notre projet. »

Il lui montra les photos qu'il avait envoyées à Grady Mallory. Les yeux de Boh s'élargirent. « C'est moi ?

– C'est toi, bébé. Tu es lumineuse devant l'appareil. » Il traça la ligne de son corps sur une des photos. « Regarde le mouvement qu'on peut voir sur cette photo. Tu es incroyable.

– Ouais, je pense que c'est toi qui es génial, Pilot, je... »

L'interphone de Pilot sonna, et ils se regardèrent. Boh sentit son cœur sombrer. *S'il vous plaît, s'il vous plaît, faites que ce ne soit pas cette salope d'ex-femme....*

En soupirant, Pilot répondit, mais quand il entendit le « Hé, loser, laisse-moi entrer », il se mit à sourire.

« C'est Ramona, ma sœur », expliqua-t-il à Boh. « Dieu merci. »

Boh sauta de son tabouret, toujours inquiète. « Dois-je partir ?

– Bon sang, non. » Il lui fit signe de la main. « Ramona va t'adorer. Je te préviens, tu auras l'impression d'avoir été frappé par un ouragan amical. »

Boh gloussa. « Vraiment ? Mais quand même... » Elle baissa les yeux vers son corps presque nu, et dit : « Je pourrais aller m'habiller. »

Dans la chambre à coucher, elle passa son sweat-shirt sur la tête et enfila son jean ; elle entendit des voix à l'extérieur, des bruits de salutation, on parlai fort, italien et elle alla timidement rejoindre les frère et sœur.

Ramona Scamo était mince, élégante, mais, comme Boh s'en réjouissait, elle était un garçon manqué aussi. Elle et Boh portaient toutes les deux un jean et des sweat-shirts, mais alors que les cheveux de Boh étaient longs et ondulés, Ramona avait coupé ses cheveux foncés en carré jusqu'aux épaules. Ses yeux étaient brun foncé, contrairement à ceux de son frère, mais elle était aussi belle que son frère. Elle sourit à Boh quand Boh entra dans sa chambre.

« Salut, *Bella*. Pilot m'a tout dit sur toi. » Elle embrassa Boh sur chaque joue. « C'est vraiment un plaisir de te rencontrer. Pilot n'a parlé que de toi pendant une semaine.

– Ro, ne révèle pas tout », dit Pilot en souriant, et glissa son bras autour de la taille de Boh. « Boheme Dali, danseuse étoile, voici Ramona Scamo, sœur agaçante et photographe incroyable. *Presque* aussi douée que son frère », ajouta-t-il en un clin d'œil et Boh et Ramona rirent.

« N'en crois pas un mot. Je suis *meilleure* », répondit Ramona, puis regarda Boheme d'un œil critique. « Mais je tuerais pour t'avoir devant mon appareil.

– Mec, tu dragues ma copine ? » Pilot taquinait sa sœur, ne sachant pas l'effet de ses paroles sur Boh.

Sa *copine*. Wahou.

Son plaisir dut se manifester quand Pilot embrassa sa tempe et Ramona rayonna. « Ecoutez, les enfants, je suis désolée de débarquer pendant votre soirée romantique, mais je passais par là et Pilot m'avait promis de me montrer les photos de toi, Boh.

– Que tu n'aurais pas pu regarder sur ton email ? »

Ramona sourit. « Je l'admets, mais je passais quand même par-là.

– Pour les potins.

– Tu m'as démasquée. »

Ramona était aussi chaleureuse et amicale que son frère et lorsque Pilot parlait du projet avec sa sœur, Boh sentait qu'ils l'incluaient à chaque tournant, comme si elle faisait déjà partie de la famille.

« Je suis d'accord avec Grady », disait Ramona. « Pas de gadgets. Boh n'en a pas besoin. Regarde-la... » Elle se pencha pour étudier les photos et sourit. « Tu as raison. Je suis absolument en train de craquer pour toi, Boh. »

Pilot ouvrit une autre bouteille de vin et ils restèrent sur son canapé, bavardant jusqu'aux petites heures du matin. Voyant Boh tomber d'épuisement à près de deux heures et demie, Ramona se leva et les embrassa tous les deux pour leur dire au revoir. « Tu es sûre que je ne te raccompagne pas chez toi ? » Pilot avait l'air inquiet mais Ramona leva les yeux au ciel.

« Mec, je vais bien. Vous, madame, venez me serrer dans vos bras. J'ai hâte de mieux vous connaître. »

APRÈS SON DÉPART, Boh sourit à Pilot qui la ramenait au lit. « Elle est merveilleuse.

– C'est une maniaque, mais oui, je l'aime. Elle est comme notre mère, une force de la nature. »

Boh sentit un pincement au cœur à la tendresse avec laquelle il parlait de sa famille et il le remarqua. Elle lui sourit. « C'est juste... J'aurais aimé avoir ce genre d'amour familial.

– Tu l'as maintenant si tu le veux. »

Ils ne refirent pas l'amour, tous les deux trop épuisés, mais ils s'enroulèrent l'un autour de l'autre. « Bonne nuit, bébé.

– Bonne nuit, ma douce. »

Elle frotta son nez contre le sien, et ses lèvres furent sur les siennes alors qu'ils s'endormaient. Alors que Boh fermait les yeux, elle se demandait si cette soirée n'était pas le début d'une nouvelle vie heureuse... Pourrait-elle y croire ? Elle espérait que oui.

LE MATIN, cependant, les vertiges revinrent. Boh et Pilot firent l'amour. Mais il pouvait dire que quelque chose n'allait pas. « Hé, ça va, bébé ? On peut arrêter. »

Boh secoua la tête, voulant être près de lui malgré son esprit tourbillonnant. « Non, s'il te plaît, non. »

La nausée l'empêcha d'avoir un orgasme pourtant, et elle avoua sa maladie à Pilot. « Ce n'est qu'une légère anémie. Ça me rattrape parfois. Ça va aller. »

Pilot fronça les sourcils. « Tu devrais prendre ta journée, récupérer.

– Ha ! », dit-elle. « Et je me retrouve au chômage.

– Si tu es malade, tu es malade. Ils comprendront. »

L'idée de rester allongée ici et de se reposer ou d'être avec Pilot était trop tentante, mais pouvait-elle risquer la rage de Kristof ? Elle s'assit et secoua la tête. Grosse erreur. Attendant que le vertige passe, elle s'appuya dans les bras de Pilot. « Sérieusement, cela va aller dans quelques minutes. Je devrais aller au studio. Ça ne vaut pas la peine que Kristof se mette en colère pour risquer un jour de congé, et il nous a vus partir ensemble. Il pensera que je préfère être au lit avec toi plutôt que de danser avec lui. Ce qui serait vrai », ajouta-t-elle en souriant.

Pilot avait toujours l'air inquiet, mais il hocha la tête. « D'accord, mais je t'y conduirai après un petit-déjeuner copieux, sans discuter.

– Ça a l'air bien. »

Après s'être douchée et habillée, elle entra dans la cuisine et se mit à rire : une assiette remplie de steak, d'épinards et d'œufs l'attendait. « Il se trouve que tu as tous ces aliments riches en fer dans ton frigo ?" demanda-t-elle à Pilot, qui se mit à rire.

« Eh bien j'adorais Popeye. Mange, Dali. »

Elle mangea chaque bouchée et le regretta quand elle vit la bosse de nourriture dans son estomac. « Les justaucorps sont impitoyables », gémit-elle, puis sourit. « Mais c'était merveilleux, merci. Je n'aurai probablement plus besoin de manger pendant une semaine.

– Ha, essaie donc ça avec moi ! »

Elle lui jeta les bras autour du cou. « Nourriture, sexe, art avec un bel homme. Je suis la fille la plus chanceuse du monde. »

Pilot sourit, les yeux joyeux. « Oui, tu l'es », dit-il en la chatouillant et en la faisant rire. « Maintenant, es-tu sûre que tu peux travailler aujourd'hui ?

– Positive. Je suis forte comme Popeye maintenant.

– C'est un truc ?

– Maintenant ? »

Pilot gloussa et attrapa ses clés. « Viens, Popeye, on va te mettre au travail.

– Tu réalises que ça fait de toi Olive Oyl, hein ?

– Pas du tout.

– Mais si. »

Ils plaisantèrent jusqu'à son travail, et Boh souriait encore quand elle entra dans l'atelier de Kristof Mendelev – et dans un cauchemar.

CHAPITRE ONZE

« **E**ncore en retard », aboya Kristof mais Boh l'ignora. Elle n'était pas en retard, elle s'en était assurée. Pourtant, ses camarades danseurs avaient l'air déjà abattus – clairement, Kristof les avait surpris.

« Ça va ? », dit-elle à Elliott, qui secoua la tête. Serena lui fit un doigt subrepticement.

« Maintenant, vu que vous ressemblez tous à une bande de foot-balleurs, Boh, je veux que tu fasses l'enchaînement pour eux. Dépêche-toi de te changer. »

Boh avait déjà mis son justaucorps, alors elle attacha vite ses chaussons. « Quel enchaînement ? »

Kristof la regarda. « L'enchaînement pour le ballet qu'on fait, Boh. » Il dit les mots lentement, comme si elle était une enfant, et Boh rougit, agacée. Bâtard.

« On fait *trois* ballets, Kristof, à moins que tu ne saches plus comp-ter. » Les mots sortirent de sa bouche avant qu'elle n'ait pu les arrêter, et elle sentit l'atmosphère changer dans la pièce.

Les yeux de Kristof prirent un air dangereux, mais il se contenta de dire : « *La Leçon*. Le meurtre de l'élève. Je danserai le Professeur pour les premières fois. »

Boh savait qu'il ne se retiendrait pas, mais elle mourrait plutôt de le laisser l'intimider. Ils firent les enchaînements plusieurs fois, Kristof la critiquant à tous les niveaux. Quand il s'agissait de la scène du crime, il forçait son poing contre son estomac jusqu'à ce qu'elle sente qu'elle en aurait un bleu, mais elle ne dit rien, continuant encore et encore alors qu'il lui faisait répéter encore et encore.

Au septième passage, elle sentit les étourdissements revenir. Continue, continue. Elle dansait et continuait à danser alors que sa vision devenait floue et qu'elle se sentait bouger à l'extérieur de son corps. Elle entendit les autres commencer à murmurer, mais on aurait dit que le son venait du bout d'un très long tunnel. Ses oreilles bourdonnaient, sa gorge brûlait. Elle se sentit tomber, puis son corps trembla de façon incontrôlable, et elle céda à l'obscurité en entendant les gens crier.

BOH OUVRIT LES YEUX : elle se retrouvait sur un brancard d'hôpital en train de rouler à travers les couloirs d'un service d'urgence d'un blanc éclatant. « Chérie, allonge-toi, ils vont juste t'examiner. » Elle entendit la voix de Nelly Fine et se sentit réconfortée. Nelly glissa sa main dans celle de Boh.

Boh ouvrit la bouche, mais elle vit qu'elle ne pouvait pas parler. Qu'est-ce que c'était que ce bordel ? Elle savait que ça devait être l'anémie, mais elle n'avait jamais pensé qu'elle pouvait se sentir si mal à cause de ça.

Pendant qu'ils attendaient le docteur, Nelly lui caressa le front chaud. « J'ai appelé Pilot », dit-elle à voix basse, et sourit à Boh. « Je sais que vous êtes proches et qu'il voudrait savoir. Grace est aussi en route. »

Boh sentit un grand sentiment de solitude malgré son soulagement que Pilot et Grace allaient venir. Son petit ami d'une semaine et son amie d'université. Ils représentaient sa famille maintenant. Lorsqu'elle avait rejoint la NYSMBC, elle s'était rapidement liée à Nelly et, avec le temps, lui avait demandé d'être sa plus proche parente, de sorte que Boh n'avait aucun souci à se faire : l'hôpital ne contacterait pas sa famille biologique, mais c'était quand même un petit groupe.

Ses craintes s'enfuirent quand Pilot et Grace arrivèrent, l'un après l'autre, tous les deux ayant l'air effrayé, et soupirant de soulagement quand ils la virent réveillée. « Dieu merci. » Pilot se pencha et l'embrassa doucement. « Est-ce que ça va ? »

Elle hocha la tête, mais Nelly s'interposa. « Elle a du mal à parler. Je pense que c'est juste le choc de l'effondrement mais je ne suis pas médecin. »

Grace, pâle et secouée, embrassa la joue de Boh. « Salut, ma petite. » Elle et Pilot échangèrent un coup d'œil. « Nell, je pense que tu devrais savoir que Boh a été récemment diagnostiquée avec une anémie légère. »

Nell hocha de la tête. « Je me disais bien que quelque chose n'allait pas. Elle a mangé aujourd'hui ? »

C'était bizarre qu'ils parlent d'elle comme si elle n'était pas là, et Boh sentit des larmes jaillir de ses yeux. Elle tira sur la main de Pilot et fit un mouvement – elle voulait ses bras autour d'elle. Pilot se percha sur le bord du lit et Boh se glissa dans son étreinte. Pilot embrassa son front et regarda Nell de nouveau. « Oui. On a petit-déjeuné ce matin.

– Un petit-déjeuner de Popeye », réussit à grogner Boh et elle se sentit soulagée que sa parole n'ait pas disparu pour toujours. Elle craignait qu'il ne s'agisse d'un signe plus grave, pas seulement le choc de l'effondrement. Tout son corps se détendit.

Le médecin vint les voir peu de temps après et fit des tests. Il n'avait pas l'air très inquiet. « Je vous conseille de vous reposer, surtout. Je sais que vous, les ballerines, vous vous donnez du mal, mais le repos et un bon régime, ça suffira dans votre cas. » Il hésita. « D'autres symptômes dont vous ne nous parlez pas ?

– Non, je vous le dirais. » Boh se sentait déjà mieux.

Le docteur a hoché la tête et a souri. « J'aimerais vous garder pour la nuit juste pour être sûr, mais je vous laisse décider.

– Honnêtement, je serais mieux à la maison. » Elle essaya de sourire. « Je n'aime pas trop les hôpitaux. »

Il lui tapota la jambe. « Très bien. Je suppose qu'il y aura quelqu'un avec vous ?

– Oui », répondirent Pilot et Grace en même temps et se mirent à rire.

Le docteur sourit. « Eh bien, je vous laisse vous battre tous les deux. » Il sourit à Boh gentiment. « Prenez soin de vous, Boh. Ma femme et moi sommes de grands fans de ballet.

– Vous aurez les meilleures places à notre prochain spectacle », lui dit Nelly, et rit.

« Je devrais dire non », dit-il en chuchotant à voix basse, « mais je ne le ferai pas. Bonne soirée ! »

Pilot s'assit à côté de Boh à nouveau. « Alors, où est ta maison ce soir ? Pas de pression. »

Grace sourit. « Les gars, pourquoi ne pas tous les deux rester chez nous ? Montrer à M. Showbiz comment vivent les vraies gens. Je retourne au studio pour répéter mon morceau pour la représentation de vendredi, donc vous serez tranquilles. »

Pilot rit et Boh était heureuse de voir ses deux amis se lier d'amitié. « Eh bien, si ça ne te dérange pas de te glisser dans un lit une place ? » Elle regarda Pilot, qui souriait.

« Avec toi ? Je dormirais sous un pont. Dormir, bébé », ajouta-t-il d'un air entendu et Boh rougit, incapable d'arrêter le sourire sur son visage.

IL LA RAMENA CHEZ ELLE, et alors qu'ils montaient les escaliers menant à l'appartement, elle remarqua un carton de provisions devant la porte, ainsi que plusieurs bouquets de fleurs. Pilot sourit en soulevant le carton et les fleurs à l'intérieur. « La nourriture est de moi – le médecin a dit que tu devais manger – et les fleurs de tes amis. Même Kristof », dit-il avec un soupir en regardant la carte sur l'énorme bouquet de lys. « Charmant. Envoie des fleurs d'enterrement, connard. »

– Peu importe," dit-elle, et elle jeta les lys à la poubelle. « On ne peut pas avoir de lys dans la maison à cause de Beelzebub. »

Pilot s'arrêta. « *Beelzebub* ? » Son ton était incrédule et Boh
gloussa. Elle se sentait vraiment mieux maintenant, et elle partit à la
recherche du chat malveillant. Elle le prit et l'emmena rencontrer
Pilot.

« Pilot Scamo, voici Beelzebub. Il mérite son nom. » Le chat
hurlait déjà pour se dégager de son emprise, mais quand elle le posa
dans les bras de Pilot, le chat se calma soudainement et frotta le
menton de Pilot avec sa tête.

« Espèce de petit renégat », dit-elle en riant parce que Pilot avait
l'air content de lui. Il caressa le chat puis le posa doucement et
regarda autour de l'appartement.

« Cet endroit est génial. »

Boh gloussa. « Tu n'as pas besoin de dire ça.

– Non, je suis sérieux. D'abord, des étagères remplies de livres.
Toujours la marque d'un bon caractère. » Il sourit en parlant. « Tu
connais cette citation de John Waters ?

– Si tu rentres chez quelqu'un qui n'a pas de livres, ne le baise
pas », répondit-elle et il rit. Boh glissa ses bras autour de sa taille.
« C'est une bonne règle de base. »

Pilot l'embrassa. « Tu as faim ?

– Pas vraiment, mais je devrais manger quelque chose. » Elle
regarda le carton de provisions. « Qu'est-ce que tu m'as acheté ? »

Pilot sourit. « Pour ce soir, j'ai pensé à des œufs brouillés avec un
peu d'huile de truffe ? »

Boh gémit. « Mon Dieu, de l'huile de truffe, espèce de séducteur. »

Pilot leur fit des assiettes d'œufs et quand Boh mit la première
bouchée dans sa bouche, elle s'évanouit presque. « Bon sang, Scamo,
n'y a-t-il rien que tu ne puisses faire ?

– Tu m'as déjà demandé ça et crois-moi, la réponse est toujours
la même", mais il sourit et lui prit la main. « Chérie, tu vas te reposer
les deux prochains jours, d'accord ? Nelly s'en occupe avec la
compagnie de ballet, mais je ne te dis pas quoi faire. Je suis juste
inquiet.

– Ce n'était rien, vraiment, mais je comprends ton point de vue.
Ne le dis à personne, mais je suis soulagée d'avoir un peu de temps. »

Elle sourit timidement. « Si tu es là, on peut peut-être travailler sur des idées pour l'exposition.

– Je ne vais nulle part. » Il passa sa main sur son visage. « Tu as l'air épuisé.

– Je vais bien. » Mais une demi-heure plus tard, les événements de la journée la rattrapèrent et ils se couchèrent sur son petit lit une place, Boh dans ses bras. Elle dormait avant même qu'ils aient fini de se dire bonne nuit.

PILOT RESTA ÉVEILLÉ LONGTEMPS après que la respiration de Boh se soit stabilisée et il sut qu'elle était endormie. Il était si inquiet mais en même temps, il était en colère contre Kristof. Si l'homme faisait travailler trop dur Boh pour se venger d'elle d'être avec Pilot...

Ne sois pas paranoïaque. Kristof et Eugénie avaient été ceux qui trompaient, pas lui, donc si quelqu'un avait le droit de se venger, c'était Pilot... mais ce n'était pas lui.

À moins que Kristof n'ait blessé Boh. Pilot devait être honnête – il détestait l'idée de ce ballet que Kristof était en train de monter. Ça avait l'air cruel et sadique, mais qu'y connaissait-il ?

Il regarda Boh dans ses bras. Elle avait l'air si jeune et il se demanda – ce n'était pas la première fois – si c'était bien qu'il sorte avec Boh. Ils avaient presque vingt ans d'écart. Il était reconnaissant envers Ramona, Nell et Grace pour leur soutien, mais cela ne voulait pas dire qu'il était bon pour Boh.

L'idée de ne pas être avec elle était douloureuse et, pour l'instant, se dit-il, il serait égoïste. Ils pouvaient arranger les choses au fur et à mesure qu'elles arriveraient – n'était-ce pas ainsi que les relations fonctionnaient ? Les relations entre pairs ?

Malgré son âge, son expérience, après avoir été marié à Eugénie, Pilot sentait encore qu'il était nouveau à cela. Il ne voulait pas le dire à Boh, cependant, parce qu'il voulait qu'elle se sente comme s'il était son roc, et il le serait. Il devait juste apprendre comment le faire.

Il entendit son téléphone vibrer dans l'autre pièce. Il se dégagea doucement, essayant de ne pas réveiller Boh. Il soupira quand il vit que c'était Eugénie qui l'appelait. « Mon Dieu. »

Il hésita à éteindre son téléphone, mais il pourrait peut-être l'arrêter rapidement. « Salut, Génie. »

Elle pleurait et Pilot put dire instantanément qu'elle était ivre. « Pilot... tu peux venir ? Je me sens si mal. Je ne sais pas ce que je vais faire.

– Que s'est-il passé ? »

Elle hésita et il savait qu'elle essayait juste de trouver des excuses. « Je me sens seule, Pilot. Depuis que tu m'as quittée... Mon Dieu, je me sens mal. »

Pilot l'écouta et ne fut pas ému. « Génie, appelle ta mère. Appelle ta sœur. Ce n'est plus mon problème.

– Sois gentil, bébé. » Sa voix avait-elle toujours été aussi râpeuse ? Il ne dit rien, il la laissa fulminer.

« Nous pourrions réessayer, dit-elle, il y aura toujours une histoire entre nous maintenant, toujours un lien. Je pense tout le temps à toi, et je pense vraiment que si nous essayons encore, nous pourrions être heureux. Tu me manques, bébé, ton beau visage, tes yeux, ta grosse bite. Je rêve que tu me baises si fort, comme on le faisait quand on s'est rencontrés. »

Mon Dieu. « Génie, il est tard et je dois travailler demain. »

Il y eut un silence. « Es-tu avec une autre femme ? »

Que Dieu lui vienne en aide, il voulait lui faire du mal. « Je suis avec ma petite-amie. Je dois y aller. »

Eugénie réagit exactement comme il le pensait, une explosion de vitriol qu'il avait entendue auparavant. Il mit fin à l'appel avec elle à mi-parcours. Oui, il allait certainement chercher un nouvel appartement. Il a appelé sa sœur. Ramona était un oiseau de nuit, comme lui.

« Salut, frérot. »

Il lui raconta ce qui s'était passé avec Boh, la rassura, elle allait bien, puis lui parla de l'appel de Génie. Ramona soupira. « Cette salope... va-t-elle jamais comprendre le message ? Sérieusement, mec, tu dois complètement couper les ponts avec elle. Change ton téléphone, ton adresse, tout.

– Je suis d'accord. Tout sauf le studio, elle n'en savait rien au début.

– T'es sûr ? Elle te surveille, et ce n'est pas comme si elle n'avait pas l'argent pour engager des détectives privés pour te suivre.

– J'en suis sûr.

– Tu es prêt pour l'exposition ? J'ai parlé à Grady. Il est vraiment excité, d'après les photos de Boh que tu lui as envoyées. Écoute, il m'a demandé de, euh, peut-être faire le prochain gala de charité pour la Fondation... mais je lui ai dit que je ne m'engagerais pas sans t'en parler d'abord. »

Pilot était sidéré. « Pourquoi ? Ro, c'est une énorme opportunité, tu dois le rappeler tout de suite... » il vérifia sa montre, « Il n'est que 21h à Seattle. »

Ramona rit. « Mec, calme-toi. Je l'appellerai demain matin. » Elle gloussa, puis Pilot entendit qu'elle hésitait. « Est-ce que Boh va vraiment bien ? J'entends des histoires horribles sur la façon dont ces danseurs sont traités.

– Elle est plus dure qu'on ne le pense. Un peu d'anémie et un connard comme Mendelev n'ont rien à voir avec ce qu'elle a surmonté dans sa vie. Ro ?

– Ouais ?

– Tu penses que je suis trop vieux pour elle ?

– Ta gueule. »

Il ricana. « Dis ce que tu penses vraiment, sœurette.

– Je suis égoïste. Je ne t'ai jamais vu plus heureux avec quelqu'un... jamais. Même si ça ne fait quoi... une semaine ?

– Tout va trop vite ?

– Mec, allez. Qu'est-ce qui est rapide ? Vous vous êtes rencontrés, vous étiez attirés l'un par l'autre, vous êtes passés au niveau supérieur. Ce n'est pas comme si vous emménagiez ensemble. »

Après que Ramona lui eut dit au revoir, Pilot sentit son corps se détendre. Il éteignit son téléphone et retourna au lit. Boh remua pendant qu'il s'enroulait autour d'elle. « Pilot ?

– Je suis là, bébé », dit-il. « Je suis là. »

· · ·

KRISTOF ÉTAIT, comme toujours, de mauvaise humeur et il y avait le fait qu'il était ici, dans cette cabine de toilettes, levant le couvercle de la chasse d'eau et ne trouvant pas le petit flacon d'urine qu'il attendait. Il entendit quelqu'un entrer dans les toilettes et essayer de rentrer dans sa cabine. Kristof ouvrit la porte et attira Elliott dans la cabine. « T'es en retard, putain. »

Elliott n'avait pas l'air dérangé. Il donna l'échantillon à Kristof. « Étais-tu inquiet, Kristof ?

– Ne réponds pas, connard. »

Les yeux d'Elliott se rétrécirent. « Ton stock peut toujours se tarir, Kristof. Souviens-t'en la prochaine fois que tu tortureras Boh et que tu l'enverras dans un lit d'hôpital. »

Kristof rit froidement. « C'est donc de ça qu'il s'agit, cette petite crise ? Ta petite amie ?

– Mon amie, et oui. Si tu lui refais ça, j'irai directement voir Liz.

– Tu me *menaces*, petit con ? Tu ne danseras plus jamais si tu parles à quelqu'un de notre petit arrangement. »

Elliott bomba le torse. Il était plus petit que Kristof de presque trente centimètres, mais il tint bon. « Pour t'arrêter, je le ferais. Souviens-toi de ça, connard. »

Il sortit de la stalle, Kristof sur ses talons, prêt à se disputer à nouveau. Ils s'arrêtèrent tous les deux en voyant Eleonor Vasquez les regarder d'un air interrogatif. Ses yeux s'attardèrent sur l'échantillon d'urine dans la main de Kristof et il se refroidit.

Les yeux d'Eleonor voltigeaient autour de la pièce. « Ce n'est pas mon studio. »

Elliott lui prit le bras. « Non, Madame Vasquez. Voulez-vous que je vous y conduise ? »

Elle lui sourit. « Noureev. C'est toi ?

– J'aimerais bien, Madame Vasquez », sourit Elliott. « C'est Elliott, vous vous souvenez ? »

Eleonor ne répondit pas. Elle regarda Kristof. « Je te connais. »

Kristof, l'échantillon d'urine maintenant fermement derrière son dos, hocha la tête. « Eleonor. » Dieu merci, elle était atteinte de démence, pensa-t-il. Peut-être qu'elle n'aurait pas su ce qui se passait entre lui et Elliott. Si Céline, ou Nell était entrée...

Il regarda Elliott conduire Vasquez hors des toilettes et sentit son énergie quitter son corps. De justesse. Il devrait peut-être baisser le ton pendant quelques jours. Quand Boh reviendrait, il allait la ménager. Il savait qu'elle connaissait les ballets comme sa poche et si on la pousse, elle pouvait partir pendant une semaine et être toujours prête.

Ça l'énervait qu'elle soit avec Scamo. Sa Boh était avec cet homme... Kristof s'attribuait tout le mérite du talent de Boh et de l'avoir si loin hors de son contrôle... *non. Du calme. Elle va revenir.*

Pour l'instant, son plus gros problème était si Eleonor avait un moment de lucidité et était capable d'assimiler ce qu'elle avait vu. Il ne faudrait pas un génie pour comprendre ce qu'il faisait et si elle le disait à Céline, ce serait fini pour lui personnellement et professionnellement. Kristof vit que ses mains tremblaient et il serra les poings. Il y avait un moyen d'y faire face, mais il ne savait pas s'il avait le cran de le faire. S'il faisait taire Eleonor, il ne pourrait jamais revenir en arrière. Pour l'instant, il le savait, il était juste un connard de junkie avec un ego de la taille d'une planète. Immoral mais pas... il avala sa salive. *Non, je n'y pense même pas.*

Il glissa l'échantillon d'urine, le versa dans son propre récipient marqué et replaça l'original dans la chasse d'eau. Il arrêterait la drogue, nettoierait son corps. Par chance, si et quand Eleonor s'en souviendra, il sera en train de donner sa propre urine pour les tests et rien de tout cela ne ferait de différence. Il serait aussi plus gentil avec Elliott, la petite fouine. Satisfait d'avoir tout sous contrôle, il quitta les toilettes et partit commencer sa journée.

Serena se glissa dans le coin avec un sourire sur le visage. C'était donc le pipi d'*Elliott* que Kristof utilisait pour passer son test de dépistage. Elle passait devant les toilettes et avait entendu la discussion à l'intérieur. *Bien.* Maintenant elle avait ça dans son sac aussi.

Serena ne voulait qu'une seule chose, c'était d'être première danseuse : elle y était presque arrivée, puis Boheme Dali était arrivée. Eh bien, si elle ne pouvait pas y arriver par le talent, elle utilisait d'autres moyens.

Le chantage était l'un d'entre eux.

Elle se sourit à elle-même et alla à son prochain cours.

CHAPITRE DOUZE

Cela faisait deux jours qu'elle s'était évanouie, et Boh était reposée et soulagée qu'il ne lui ait pas fallu plus de temps pour récupérer. Elle avait passé les deux derniers jours avec Pilot, et maintenant, ils étaient de retour dans son atelier, travaillant sur les photos de l'exposition.

Boh avait demandé à la directrice des costumes de la compagnie de ballet si elle pouvait emprunter des costumes, et Arden lui avait apporté des tenues incroyables, certaines traditionnelles, comme le costume du cygne blanc, et d'autres moins traditionnelles.

Pour l'instant, cependant, elle portait un simple justaucorps rose pâle, ses cheveux tombants légèrement humides, et elle posait dans le studio. À cet instant, elle était *sur pointe* sur le dessus d'une vieille caisse d'expédition alors que Pilot se déplaçait autour d'elle, faisant cliqueter son appareil. Il faisait chaud sous les lumières du studio, mais Boh s'en fichait.

« Ok, bébé, tu peux descendre maintenant. » Pilot lui sourit, puis fixa son appareil photo en passant en revue les images. Elle aimait le regarder travailler, comme si la tristesse qu'elle voyait constamment dans ses yeux s'évaporait et il devenait cet autre être, Pilot, le photographe.

Son amour.

Elle se plaça près de lui et lui glissa un bras autour de la taille pendant qu'il lui montrait ce qu'ils avaient créé. Elle gloussa doucement. « Je ne me remettrai jamais du fait que c'est moi. Tu es un génie. »

Elle leva les yeux pour le voir en train de la regarder et un frisson traversa son corps. Ses yeux étaient doux d'amour, pleins de désir. « Salut, ma belle », dit-il doucement et il plaqua ses lèvres contre les siennes. Mon Dieu, il était enivrant. Pilot posa son appareil et la prit dans ses bras. « Comment te sens-tu ? »

Boh sourit. « Tellement, tellement mieux, Pilot... tellement mieux. »

Ses lèvres s'écrasèrent contre les siennes et elle emmêla ses doigts dans ses boucles sombres pendant qu'ils s'embrassaient, la chaleur entre eux, une tempête de feu. Pilot ôta son justaucorps de ses épaules, le tirant vers le bas pour qu'il puisse prendre ses mamelons dans sa bouche tour à tour. La sensation de sa langue sur son mamelon la fit gémir de plaisir et elle prit sa main et la pressa entre ses jambes. « Je suis si mouillée pour toi, bébé... »

D'un gémissement, Pilot la renversa sur le sol et la recouvrit de son corps. Il lui arracha son justaucorps et s'extirpa de son jean alors que Boh lui enlevait son T-shirt. Elle ne se lassait pas du corps de cet homme, de la façon dont il la faisait se sentir si précieuse, si belle. Elle passa ses mains sur sa poitrine ferme et leva les yeux vers lui. La façon dont il la regardait...

« Tu es si beau », chuchota-t-elle et il gloussa.

« Voler mes meilleures répliques... » Ses lèvres étaient à nouveau contre elle alors qu'elle enroulait ses jambes autour de sa taille, et ils commencèrent à faire l'amour lentement, prenant leur temps.

La sensation de sa bite à l'intérieur d'elle, la remplissant, la faisait gémir d'un plaisir désinhibé. Boh embrassa ses lèvres douces avec tant de passion qu'elle goûta le sang. Pilot passa ses bras de chaque côté de sa tête et poussa plus fort alors qu'ils approchaient tous deux de l'apogée, Boh l'encourageant à aller plus fort, plus profondément.

Elle eut un orgasme, arquant le dos, pressant son ventre contre le sien alors qu'elle sentait son corps vaciller et se secouer avec son propre orgasme. Ils s'effondrèrent l'un à côté de l'autre, haletants, et Boh gloussa.

« Nous sommes des animaux. »

Pilot riait, son visage rougissait à cause de ses efforts. « Oui, en effet. Mon Dieu, Boh, tu me fais me sentir comme un homme nouveau. Merde, c'était tellement cliché, mais c'est vrai. Je ne me suis jamais senti comme ça avant. Jamais. »

Son corps se remplit de joie avec ses paroles. « Vraiment ?

– Vraiment. » Il se retourna sur le côté et traîna un doigt le long de son corps, la faisant frétiller de plaisir. Il lui caressa le ventre, puis pencha la tête pour presser ses lèvres contre la courbe lisse de celui-ci. Il la regarda, l'interrogeant, et elle hocha la tête alors qu'il souriait et se déplaçait le long de son corps.

Il écarta ses cuisses et ensuite sa bouche était sur son sexe, léchant, taquinant, suçant. Ses doigts massaient la peau de l'intérieur de ses cuisses pendant qu'elle sentait l'excitation monter des profondeurs de son corps, faisant picoter sa peau, ses membres se liquéfier.

Pilot lui donna un orgasme encore et encore, puis, timidement, elle lui dit qu'elle voulait lui rendre la pareille. « Tu dois me dire si je fais ça mal. »

Elle prit sa verge dans sa bouche, agitant sa langue sur le bout sensible. Elle fut heureuse quand Pilot prit une respiration tremblante et lui dit : « C'est ça, comme ça, bébé. » Elle passa sa langue de haut en bas le long du manche soyeux, ses mains massant ses testicules. Sa queue, énorme, épaisse et longue, tremblait à son contact, se raidissant jusqu'à ce que Pilot suffoque et gémisse.

« Bébé, je vais venir, tu veux arrêter ? »

Boh secoua la tête, voulant goûter sa semence. Pilot éjacula et elle sentit son sperme sur sa langue, un goût sucré et salé.

Ensuite, ils prirent une douche tous les deux et commandèrent une pizza. Pendant qu'ils attendaient, ils s'assirent sur le canapé et regardèrent ses photos. Pilot gloussa. « Tu sais quoi ? Je crois qu'on a presque une exposition, bébé. Je n'ai jamais vu quelqu'un d'aussi émouvant que toi sur l'appareil. J'aimerais aussi des photos à l'extérieur, et d'autres de toi travaillant à la barre en classe.

– Ça ne devrait pas être un problème. » Elle le poussa de son épaule. « Grace danse dans *Rubies* ce soir au Lincoln Center. J'aimerais aller la soutenir... Tu veux venir ?

– Bon sang, oui. Tu sais, j'ai une confession. »

Boh sourit au regard malicieux qu'il avait dans les yeux. « Ah oui ?

– Quand j'étais marié à Génie, on allait au ballet... mais dès qu'ils commençaient, je partais faire autre chose. Je n'ai jamais vu une représentation.

– Pilot Tiffany Scamo, sale canaille ! »

Pilot éclata de rire. « *Tiffany* ?

– Quoi, c'est le deuxième prénom de Richard Gere. » Boh hurla de rire alors que Pilot la chatouillait jusqu'à la faire plier. « Bref, quel est ton deuxième prénom ?

– Joseph. Et toi ?

– Je n'en ai pas. » Boh grignota son lobe d'oreille alors qu'il la mettait sur ses genoux. « Alors, tu n'as jamais vu de ballet, hein ?

– Non. Mais pour répondre à ta question, oui, j'adorerais venir voir *Rubies* avec toi. Je vais nous avoir une loge.

– Quel luxe ! » Elle l'embrassa sur la joue alors qu'il sortait le téléphone de sa poche et appelait le Lincoln Center, souriant en donnant son nom sans hésitation.

« Une loge réservée à M. Pilot Scamo et à sa superbe cavalière, la ballerine superstar Boheme Dali. »

Boh caressa ses boucles de son visage, son visage d'une beauté dévastatrice, et l'embrassa doucement. « Son amante, Boh, remercie M. Pilot Scamo, et lui demande poliment s'il voudrait bien la baiser à nouveau, ici et maintenant. »

Pilot sourit en l'allongeant sur le canapé. « Tout ce que l'étoile veut, l'étoile l'obtient... » et ils recommencèrent à faire l'amour.

KRISTOF SE VERSA une tasse de café et leva les yeux alors que Céline Peletier entrait dans la salle des professeurs. Elle hocha la tête en sa direction, sans sourire comme toujours. Pétasse. Il n'avait jamais aimé cette femme, probablement parce que Céline était la danseuse la plus exquise qu'il ait jamais vue, et qu'elle savait ce qu'elle faisait maintenant en tant que professeur. De plus, la compagnie des danseurs l'adorait, même lorsqu'elle était à son plus féroce niveau.

Il savait aussi que Céline le considérait comme un garçon, un amateur malgré sa prestigieuse carrière. Ses héros – Baryshnikov, Noureev, Vasiliev – avaient tous eu une carrière après la danse et Kristof voulait que la sienne soit aussi impressionnante que la leur. Il connaissait Céline, Nell, Liz... aucune d'elles ne croyait qu'il était à ce niveau, mais il était déterminé à leur prouver le contraire.

« Bonjour, Céline. »

Elle leva les yeux comme si elle était plongée profondément dans ses pensées. « Kristof. Oh, j'ai entendu dire que je devais te remercier.

– Parce que ?

– Elliott m'a dit que lui et toi aviez réussi à rediriger Eleonor vers son studio il y a quelques jours. J'espère qu'elle ne s'est pas immiscée dans... quelque chose. »

Kristof fut glacial. Elle *savait*. « Non, pas du tout », dit-il en gardant son expression neutre.

« Eh bien, merci. » Elle soupira et s'assit en face de lui. « Eleonor est de plus en plus confuse. Je pense qu'il est temps pour elle d'abandonner son enseignement.

– C'est une tragédie », dit Kristof avec précaution. Son corps se détendit un peu. « Après une carrière si illustre.

– En effet. » Céline regarda par la fenêtre et Kristof fut étonné de voir des larmes dans ses yeux. « Ils appellent ça le coucher du soleil, tu sais ? Un si joli nom pour une chose si terrible. Eleonor a ses moments de lucidité mais ils sont de moins en moins nombreux. Parfois, elle se souviendra des choses les plus aléatoires d'il y a des semaines et des semaines et elle en parlera en toute confiance... » Céline fit un mouvement dans l'air. « Rien. Désolée, Kristof, ça ne te regarde pas. »

La peur était déjà revenue et il hocha la tête quand Céline quitta la pièce, mais il n'eut pas le temps d'assimiler ce qu'il avait appris alors que la secrétaire de Liz vint le trouver. « Elle veut te voir. »

DIX MINUTES PLUS TARD, il sortit du bureau de Liz, assommé. Non seulement elle lui avait dit que son spectacle *Sexe et Mort* était déplacé de leur propre théâtre au Metropolitan Opera, mais qu'elle avait autorisé un budget plus important pour... tout. Décors, costumes... il avait la liberté.

Kristof avait secoué la tête avec incrédulité. « Pourquoi ?

– Nous avons reçu un don important – anonyme. Mais à condition qu'on vous en donne une grande partie pour votre nouvelle pièce. Vous avez un fan, Kristof. »

Il aurait dû se sentir exalté ; après tout, n'était-ce pas le rêve de tous les chorégraphes ? Mais maintenant, avec ce qu'il savait d'Eleonor Vasquez... elle pouvait tout faire tomber. Tout ça.

Il ne pouvait pas laisser ça arriver. Il savait ce qu'il devait faire.

CHAPITRE TREIZE

Pilot regarda Boh avec intérêt dans sa robe et siffla. « Dieu, femme... comment suis-je censé me concentrer quand tu ressembles à ça ? »

Boh sourit timidement. Sa robe était simple dans sa conception, mais le tissu bleu nuit et les lourdes perles autour du corsage brillaient comme des étoiles à minuit, jetant de petits faisceaux de lumière sur son visage. « C'est juste un truc que je mets. C'est ce que je mets toujours quand je sors. Un vieux truc, vraiment. »

L'expression de Pilot était pleine d'envie. « Boh... tu es si belle que ça fait mal. »

Elle gloussa. « Je te retourne la pareille, beau gosse. » Il portait un smoking noir avec un nœud papillon, sa barbe bien coupée, mais ses boucles étaient toujours en désordre. Boh l'embrassa. « La voiture est là. »

Dans la voiture, il lui a demandé pour le ballet. « Alors, c'est quoi l'histoire du ballet ?

– Pour commencer, il n'y a pas d'histoire en tant que telle. Le ballet complet est en trois parties, il s'appelle *Jewels*. Mais *Rubies* est celui que nous adorons tous danser. C'est très moderne, abstrait... Je vois que je te perds déjà », plaisanta Boh en voyant son visage confus.

« Concentre-toi et admire le mouvement, des formes qu'ils font avec leur corps. Je pense qu'en tant que photographe, tu vas trouver ça fascinant. »

Pilot hocha la tête, essayant d'avoir l'air convaincu, mais Boh pouvait voir qu'il était un peu déconcerté. Elle l'embrassa. « Fais avec. On est là pour soutenir Grace de toute façon. »

Dans le foyer, Boh reconnut certains de ses collègues de la compagnie, et elle les présenta de nouveau à Pilot, la plupart d'entre eux le regardant avec des yeux curieux et admiratifs. Boh était reconnaissante de la facilité avec laquelle il leur parlait.

Elliott la trouva et sourit. « Cet homme est fou de toi », dit-il. « Il n'a pas arrêté de parler de toi depuis ton arrivée. »

Boh rougit, un frisson la traversa. « C'est l'homme le plus merveilleux », dit-elle d'une voix basse, puis elle s'arrêta. Elle vit Kristof et Serena de l'autre côté du bar, parlant à voix basse. Boh soupira. « Je vois que Cruella et son chien sont là. »

Elliott regarda autour de lui et son expression se durcit. « Tu sais que Kristof a eu carte blanche pour le spectacle. Ils ont déménagé au Metropolitan.

– Non, pas vrai. » Boh était abasourdie. « Vraiment ?!!

– Liz pense qu'une plus grande salle apportera l'injection d'argent dont nous avons besoin.

– Mais je croyais que tu avais dit...

– Ce don était spécialement pour Kristof. Je me demande combien de types de la ville il a dû sucer pour ça ? »

Boh ne savait pas s'il fallait rire ou mordre sa langue, mais elle devait admettre que le déménagement au Metropolitan serait bon pour sa carrière aussi.

LE SPECTACLE ALLAIT COMMENCER, elle et Pilot se dirigèrent vers leur loge et s'installèrent. Boh regarda autour du théâtre, ravie de voir qu'il était complet pour la représentation de son amie. « *Rubies* est la deuxième partie », chuchota-t-elle à Pilot, qui lui mit le bras autour des épaules et la serra contre lui.

« Dois-je me concentrer sur les deux autres parties ou on peut s'embrasser pendant ces sessions ? » Il avait un large sourire sur son visage et elle rit.

« Ça dépend de comment tu te comportes », dit-elle en soupirant, se blottissant dans ses bras. « Mes deux choses préférées au monde, toi et le ballet. Bonne nuit. »

Pilot rit. « Combien de temps dure ce truc de toute façon ? »

Boh leva les yeux au ciel. « Tellement impatient. Attends et tu verras. »

Bientôt, les lumières s'éteignirent et le spectacle commença.

EUGÉNIE RADCLIFFE-MORGAN FIXAIT la scène sans la voir. Le ballet était la seule chose où ses démons se calmaient et où elle était perdue dans l'art pur de la danse... mais maintenant que Pilot s'était trouvé un nouveau modèle, une ballerine, Eugénie se sentait trahie.

Quand elle les avait vus ensemble, en bas, dans le foyer, elle avait failli crier, mais elle s'était excusée poliment auprès de son rendez-vous et était allée aux toilettes, elle avait pris de la cocaïne et elle avait senti un calme glacial descendre.

Maintenant, elle les regardait, l'un contre l'autre dans la loge en face de la sienne, et la colère se consumait. Son Pilot avec une pute danseuse... et putain s'il n'avait pas l'air heureux... Plus qu'heureux, il avait l'air épris, excité... *amoureux*.

Son rendez-vous lui murmura quelque chose à l'oreille et elle lui fit un sourire distrait... Comment s'appelait-il déjà ? Seth ? Saul ? – il l'avait approchée lors d'un brunch de charité pour enfants la semaine dernière et ils avaient parlé... Elle avait aimé qu'il ressemble un peu à Pilot et l'avait ramené à son appartement et l'avait baisé. Elle avait même aimé, surtout quand elle ferma les yeux et prétendit qu'il était Pilot.

Comment avait-elle pu le laisser partir ? Elle le regardait maintenant rire et embrasser cette maudite fille, il avait l'air dix ans plus jeune.

Elle regarda ailleurs, malade. Ses yeux balayèrent l'autre loge...

Ah, elle vit Kristof Mendelev aussi regarder sa danseuse étoile et son ex-mari. Kristof sentit son regard et hocha la tête en sa direction. Elle vit la même jalousie qu'elle ressentait reflétée sur son visage. Intéressant. Il pourrait être un allié utile.

D'un autre côté... C'était son aventure avec Kristof qui avait finalement donné le courage à Pilot de la quitter. Ça avait été la goutte d'eau qui avait fait déborder le vase, et pour Eugénie, ça n'en valait pas la peine. Il avait fallu à Kristof une éternité pour qu'il ait une érection suffisante pour la baiser, et même là, ça avait été un accouplement rapide et décevant. Il était beau, oui, mais rien comparé à Pilot. Elle avait essayé de rendre Pilot jaloux et non seulement elle avait échoué, mais elle l'avait perdu.

Elle n'était pas assez stupide pour penser qu'il reviendrait un jour vers elle, mais cela ne voulait pas dire qu'elle avait l'intention de le laisser partir. Ou de finir heureux et amoureux d'une autre femme.

Non. Pilot Scamo n'aurait pas sa fin heureuse pour toujours. C'était juste pour les contes de fées.

ALORS QUE GRACE montait sur scène, Boh se pencha vers l'avant et Pilot vit son visage se transformer en un visage d'émerveillement. Il aimait le fait qu'elle adorait tellement la danse de son amie, qu'il n'y avait pas une once de compétition dans son corps. Il concentra maintenant son attention vers la scène. En étant honnête, il n'avait aucune idée de ce qu'était un bon ballet, mais Boh avait raison lorsqu'elle lui avait dit de se concentrer sur ce que les danseurs faisaient avec leur corps. C'était tout à fait étonnant, et il se retrouva à réfléchir à des moyens de capturer ce mouvement, ce flux dans son appareil. Il devait encore terminer son engagement au ballet pour leurs photos de publicité, et ce ballet l'aidait à mieux comprendre leur corps.

Il caressa le dos de Boh et elle lui sourit. « Tu t'amuses bien ?

– Toujours, avec toi. »

Elle se pencha vers lui, ses yeux sur la scène. « Regarde-la, Pilot. Elle est sensationnelle. »

Ils regardèrent Grace pendant le court ballet et quand elle fit la révérence, ils se levèrent pour l'applaudir. Elle les vit dans la loge et leur fit un signe et un sourire quand elle quitta la scène.

« Whoop, whoop », dit Boh avec joie alors qu'ils reprenaient leur place pour la dernière partie, *Diamonds*. Pilot aimait le fait qu'elle soit si excitée. Ses yeux passèrent en revue la salle, et son cœur s'arrêta. Eugénie les regardait fixement. Voyant son regard, elle lui fit un signe sarcastique. Pilot détourna les yeux, ennuyé. Putain de femme, ne pouvait-il pas avoir une soirée sans se souvenir d'elle ?

« Boh ? »

Elle regarda vers lui. « Ouais, bébé ?

– Que dirais-tu d'emménager avec moi ? »

Elle cligna des yeux, manifestement décontenancée. « Quoi ?

– Je cherche un nouvel appartement, quelque part... nouveau. Une nouvelle vie, avec toi. Si c'est trop tôt, dis-le, et honnêtement, c'est assez juste. Mais j'aimerais que tu y penses, si tu veux. »

Les yeux de Boh étaient un peu troublés. « Je vais y réfléchir, Pilot. Je te le promets. »

Mais il pouvait dire qu'elle était un peu déconcertée par sa demande et il n'arrivait pas à croire qu'il l'avait faite lui-même. À quoi pensait-il ? Ça faisait moins d'un mois qu'ils sortaient ensemble.

Mais quelque chose dans ses tripes lui disait que c'était juste, que c'était *elle* pour lui. *Attention, il fut un temps où tu pensais la même chose de Génie.* Il renifla. *Non.* Il n'avait jamais ressenti ça pour son ex-femme. *Jamais.* En réfléchissant, Génie avait fait tous les premiers pas, jusqu'à le faire plier et il était sorti avec elle, puis elle l'avait demandé en mariage. Il avait hésité, puis elle avait joué la plus vieille ruse du livre : une grossesse fictive non planifiée. Il avait été affolé quand elle l'avait « perdu ». Ce n'est qu'après le divorce qu'elle lui a dit qu'il n'y avait jamais eu de bébé. Tout ce qu'il avait ressenti à ce moment-là, c'était du soulagement ; une chose de moins pour l'attacher à elle.

APRÈS LA FIN DU BALLET, ils prirent un verre avec Grace et ses collègues danseurs, puis Pilot ramena Boh à son appartement. « À propos de tout à l'heure », dit-il en entrant. « Je ne voulais pas te faire flipper. C'est juste que... je cherche un nouvel appartement, quelque part où mon ex-femme ne sait rien. J'aimerais que tu viennes avec moi, que tu me donnes ton avis sur les lieux, que tu m'aides à choisir un endroit où, peut-être, un jour, tu pourrais te voir vivre aussi. Que ce soit ce week-end ou dans cinq ans... »

Boh leva les yeux au ciel en souriant. « Mec, calme-toi, je vais emménager avec toi. »

Pendant une seconde, il ne comprit ce qu'elle avait dit, et maintenant Boh commença à rire de sa confusion. « Ah oui ?

– Mais oui bêta ! » Il l'attrapa et la fit valser, dans la joie la plus totale.

« Pose-moi, gros nigaud », rit-elle et quand il la posa sur ses pieds, elle prit visage dans ses mains. « Je t'aime, Pilot Scamo. Je t'aime *tellement*. Bien sûr, j'emménagerai avec toi, même si c'est stupide et rapide. »

Pilot pouvait à peine parler. « Tu m'aimes ?

– Complètement, parfaitement, vraiment, follement, profondément, tous les adverbes, tous et... » Elle ne fit pas sa phrase avant que ses lèvres ne soient contre les siennes, ses bras serrés autour d'elle.

Il la souleva dans ses bras et la porta dans la chambre à coucher. Ne voulant pas abîmer sa robe de soirée, il ouvrit la fermeture éclair du dos lentement et elle s'extirpa des couches de tulle. Elle tira sur son nœud papillon, fit semblant de lui bander les yeux avec, puis le jeta. « Je dois voir tes yeux, dit-elle, ils sont si beaux. Quand tu me regardes comme ça... Dieu, Pilot... »

Elle retira sa chemise de son pantalon et il sourit. « Fille impatiente.

– Je te veux nu... » Elle le regardait de dessous ses cils longs et épais. « Je veux être au-dessus ce soir, Pilot Scamo. »

Ils se déshabillèrent rapidement, et Boh le chevaucha, caressant sa queue contre son ventre, déroulant le préservatif, caressant ses testicules, puis passant les mains sur son ventre. Pilot sentit ses muscles se contracter sous son contact. À la lueur de la lune, son corps semblait d'or, ses seins pleins bondissant doucement quand elle se déplaçait. Il fit courir un doigt entre ses seins, vers son ventre, le long de son nombril. Elle tremblait avec plaisir à son contact.

« Je t'aime », dit-il simplement. « Je pense que je t'ai aimée dès la première fois qu'on s'est parlé. Je n'ai jamais eu cette connexion avec personne. Tu es incroyable.

– Je ne suis que moi », dit-elle doucement, mais il pouvait voir des larmes dans ses yeux. « Mais je t'aime aussi, grand garçon. »

Elle le faisait rire. « Gourde.

– Bêta. » Elle s'agenouilla et guida sa bite en elle, gémissant pendant qu'il remplissait sa chatte douce et veloutée. « Mon Dieu, Pilot, je ne me lasserai jamais de ça, de faire l'amour avec toi. » Elle le monta doucement au début, puis comme sa main serrait entre ses jambes pour caresser son clitoris, elle accéléra son rythme, poussant ses hanches contre les siennes. Il lui serra les fesses et elle bougea plus vite au fur et à mesure que son excitation augmentait.

« Jésus, tu es si belle », dit-il en haletant, alors qu'elle s'empalait sur sa queue et entrelaçait leurs doigts. Il la regarda avoir son orgasme, un rougissement exquis sur les joues, sa peau couverte de sueur, son dos arqué, sa tête rejetée en arrière. *C'est une déesse...*

Pilot s'endormit cette nuit-là sachant que son avenir était dans ses bras.

SERENA ATTENDIT que Kristof soit bien bourré avant d'appeler un taxi et de s'y embarquer. Elle donna au chauffeur les instructions pour retourner à l'appartement de Kristof et embrassa Kristof tout du long pour qu'il ne s'oppose à rien.

Une fois à l'intérieur, elle réussit à le faire entrer dans l'appartement et à le déshabiller, mais elle ne réussit pas à lui faire avoir une érection comme elle le voulait.

« Arrête », gémit Kristof, tournant son visage vers son oreiller.

Serena soupira et s'en alla. « J'ai besoin d'un shoot.

– Sers-toi », marmonna Kristof en gémissant. « Je me sens affreux. »

Serena aspira une ligne de cocaïne dans sa narine. « Je vais te faire du café. Il faut qu'on parle.

– Café, puis parle. *Peut-être*. »

Serena entra dans la vaste cuisine de Kristof pour mettre en marche sa machine à expresso. Elle se tint debout face à la grande fenêtre et regarda vers Manhattan. Serena mit ses mains contre la vitre. Oh, pouvoir se payer un endroit comme ça. Peut-être que si elle était utile à Kristof, il la ferait emménager avec lui pour toujours.

Peut-être que si elle lui donnait ce qu'il voulait. Elle se souriait à elle-même. Ils allaient avoir une conversation très importante.

Elle prépara le café et le ramena dans la chambre. Kristof s'était assis maintenant, et il la remercia pour la tasse. « De quoi veux-tu parler ? »

Serena but délibérément de son café avant de répondre. « Du fait que Vasquez t'ait surpris avec Elliott... en train d'échanger des fluides, semble-t-il ? »

Kristof resta immobile, les yeux vitreux et dangereux. « Qu'est-ce que tu racontes ?

– Allez, Kris, je sais que tu as échangé ton échantillon contre celui d'Elliott. Il est si pur et vierge, il n'a probablement jamais entendu parler de la cocaïne. C'est pourquoi tu l'as choisi et je dis... *bravo*. Le régime du ballet peut aller se faire voir. Tu es un génie. »

Kristof se tut quelques minutes, étudiant Serena. Finalement, il leva le menton. « Qu'est-ce que tu veux, Serena ? Si tu cherches à être première... Je suis désolé. En toute conscience, tu n'es pas prête pour ça.

– Bien. »

Il la regarda d'un air interrogatif. « Bien ? Maintenant je suis intrigué. Qu'est-ce que tu veux de plus qu'être première danseuse ? »

Serena sourit. « Toi. Je te veux. *Nous*. Ensemble. Personnellement et professionnellement. Je veux être ton amant et ta muse. Je veux être ta partenaire. »

Kristof renifla, mais ses yeux devinrent sérieux. « Serena, parce que je t'aime bien, je vais être honnête. Regarde-moi. Je suis un junkie de presque 50 ans. Pourquoi tu me voudrais, bordel ? Je ne suis même pas si riche que ça. Tu es jeune, belle, et tu pourrais te trouver un sugar daddy comme ça. » Il claqua des doigts.

« Mais je ne veux pas d'un sugar daddy, Kris. » Elle alla s'asseoir à ses côtés. « Je ne veux pas d'argent, bien que cet endroit soit sympa. » Serena glissa sa main dans la sienne et fut ravie qu'il ne s'en aille pas. « Pourquoi devrait-elle avoir le mentor, le photographe milliardaire, le rôle principal, la vedette dans tout ? Tu sais que je suis aussi bonne qu'elle.

– Alors, c'est de ça qu'il s'agit... Boh. »

Serena pressa ses lèvres contre les siennes avec férocité. « Elle n'est pas la seule fille au monde. »

Kristof posa sa tasse de café et la tira sur ses genoux. Serena se tortilla, sentant sa queue répondre enfin. Kristof passa ses mains dans ses cheveux. « Tu n'es pas aussi bonne que Boh et tu le sais. Mais tu *pourrais* l'être.

– Avec le bon mentor. »

Il bougea soudainement, la retournant sur son dos et lui ouvrant les jambes ; il poussa sa queue au fond d'elle, essayant de retrouver un peu de la puissance. « Et que serais-tu prête à faire pour ça ? »

Serena lui sourit. « N'importe quoi, Kristof... Je ferais *n'importe quoi.* »

14

CHAPITRE QUATORZE

Boh essaya de ne pas avoir l'air trop amoureux du loft qu'ils étaient en train de visiter, mais elle vit la même excitation dans les yeux de Pilot. Le loft, à trois rues de la compagnie de ballet, était vaste, ouvert, en brique rouge apparente, et de grandes fenêtres. Les yeux de Boh s'écarquillaient avec les possibilités de l'espace. Était-ce vraiment sa vie maintenant ?

L'agent immobilier les laissa seuls pour parler et Pilot la prit dans ses bras. « Tu imagines, Boh ? Les étagères le long de ce mur, notre lit là-bas...

– C'est parfait », dit-elle, et se tourna dans ses bras pour l'embrasser. « C'est parfait, sauf que... il n'y a aucune chance que je puisse t'en payer la moitié. »

Pilot eut l'air surpris. « Ce n'est pas quelque chose dont tu dois t'inquiéter.

– Mais si. D'une part, ce n'est pas juste pour toi. D'autre part, je ne veux pas être une femme entretenue.

– Une femme entretenue ? Boh, tout ce dont on parle, c'est d'acheter un endroit où vivre. Ce qui est à moi est à toi. Tu vas vraiment mettre ce que les autres pourraient penser avant notre bonheur ? »

Boh secoua la tête. « Non. Mais je te paie un loyer.

– D'accord, si c'est ce que tu veux. » Pilot regarda autour de lui.
« Mais je le sens. C'est ici. »

Boh rit doucement. « Nous suivons beaucoup notre instinct, n'est-
ce pas ?

– C'est une bonne chose. »

PILOT PARLA à l'agent immobilier. « Nous le prenons, et si l'acheteur
s'organise avant la fin de la semaine, il y aura un bonus significatif.

– Je suis sûr qu'on peut arranger quelque chose. »

Piot et Boh se rendirent à l'un de leurs restaurants de hamburgers
préférés pour le déjeuner, main dans la main. Pilot regarda Boh. « Tu
es préoccupée. »

Elle lui sourit. « Oui, mais je n'ai pas de doutes, je le jure. En
faisant le point, tout semble se passer en même temps. Toi et moi, le
spectacle, l'exposition.

– Prends une chose à la fois. Tout va bien, toi et moi. L'exposition
a juste besoin d'une ou deux autres photos, quelques photos prises
sur le vif de plus, je pense. Comme cette image de toi en ce moment
avec du jus de hamburger qui coule sur ton menton. » Il sourit tandis
qu'elle s'essuyait rapidement le visage avec une serviette.

Boh gloussa. « Plus je pense à l'exposition, plus je suis nerveuse.
Vont-ils vraiment être époustouflés par mes photos, même si elles
sont brillamment prises ?

– Tu ne comprends pas, n'est-ce pas ? La vie, la beauté que tu
apportes à mon travail, c'est transcendant. En toute transparence : j'ai
bien l'intention de te mettre au centre de mon travail pour les
prochaines années. » Il sourit et, en rougissant, elle rit.

« Machiavel.

– Tu me connais. En parlant de Machiavel... comment ça se passe
avec Mendelev ? »

Cela faisait deux semaines qu'elle s'était effondrée dans la classe
de Kristof, et depuis, il n'avait pas été très aimable, mais il ne l'avait
pas poussée trop fort. Boh connaissait les pas automatiquement

maintenant, et ainsi Kristof s'était concentré sur la chimie et la fluidité avec Elliott. Il leur avait même dit être satisfait du segment de *La Leçon*, et passa à *La Sylphide*, tout en préparant Serena et Jeremy pour *Romeo et Juliet*.

Boh rentrait chez elle à une heure convenable, mais elle dit à Pilot maintenant, qu'elle ne faisait pas confiance à ce Kristof plus calme. « Ce n'est pas lui. Même quand on n'a pas de spectacle, c'est un monstre qui nous conduit jusqu'à l'épuisement. Il mijote quelque chose. »

Pilot acquiesça, connaissant très bien ce sentiment. Eugénie ne l'avait pas appelé depuis deux semaines maintenant, et il ne pouvait s'empêcher d'être paranoïaque à ce sujet. Il se disait que peut-être qu'elle avait enfin compris qu'il ne reviendrait pas vers elle – mais il connaissait trop bien Génie.

Il soupira, se frottant la tête, souhaitant que la vie soit plus facile, qu'ils puissent être laissés seuls pour profiter de leur nouvel amour. Boh lui demanda à quoi il pensait et il lui répondit.

Elle hocha la tête. « Je sais, bébé, mais le monde ne fonctionne pas comme ça. »

Il lui sourit. « Tant que je t'ai toi, ça va aller.

– Toujours. » Boh lui prit sa joue dans sa main. « Mais je déteste ce qu'elle t'a fait, Pilot. Je vois les dégâts. Un homme comme toi, un homme fort, courageux et merveilleux comme toi, ce n'est pas juste. J'aimerais pouvoir agiter une baguette magique et faire qu'elle te laisse tranquille pour de bon. »

Pilot tourna la tête et embrassa sa paume. « Ne t'inquiète pas. Un jour, je saurai quoi faire pour qu'elle comprenne enfin le message que c'est fini.

– Je t'aime », dit Boh, « et ça me donne envie de te protéger. »

– Je ressens la même chose, chérie, c'est vrai. Ça me donne la force de savoir que tu es de mon côté. »

Ils s'embrassaient sans se soucier de ce que les autres clients du restaurant pensaient de leurs démonstrations d'affection. Ensuite, Pilot raccompagna Boh au studio. « Profite de ton cours, bébé. Dois-je venir te chercher ?

– Où seras-tu cet après-midi ? Au Studio ?

– Ouaip. »

Boh l'embrassa. « Alors je marcherai pour rentrer. N'interromps pas ton travail. »

Ils se dirent au revoir et elle le regarda partir. Il n'arrêtait pas de se retourner pour lui sourire.

« Comme c'est romantique », dit une drôle de voix derrière Boh.

Boh se retourna et fit un doigt d'honneur à Serena.

« Surveille ta jalousie, salope », marmonna-t-elle en entrant dans le bâtiment. Elle soupira en réalisant que Serena la suivait. « Qu'est-ce que tu veux ?

– Oh, rien, je vais chercher mes affaires au vestiaire. Et pour te dire que Kristof n'est pas là cet après-midi, malade. Céline fait la répétition.

– Tu vois, tu peux donner des bonnes comme des mauvaises nouvelles. » Boh se demandait pourquoi Serena était si avenante. « Qu'est-ce qui ne va pas avec Kristof ?

– Par où veux-tu que je commence ? »

Malgré son aversion pour Serena, Boh rit à ces mots. Elle étudia la rouquine. « Je pensais que toi et lui...

– Oh, oui. Ça ne veut pas dire que je suis aveugle à ses défauts. Je devrais être stupide, et si je suis beaucoup de choses, je ne suis pas stupide.

– Non, effectivement », dit Boh et Serena eut l'air surprise.

« S'il te plaît, dis-moi qu'on ne se rapproche pas, Dali. » Mais elle avait le sourire aux lèvres.

Boh renifla. « Non non. Mais ça ne veut pas dire qu'on ne peut pas *essayer* de s'entendre. Le spectacle arrive, on a tous besoin les uns des autres. »

Serena fit un son sans engagement. Elle prit son sac dans le vestiaire quand Boh commença à se changer. « À plus tard, Dali.

– À plus tard. »

. . .

SEULE, Boh s'interrogea sur Serena. Quand elle avait rejoint la compagnie, trois mois après Boh, Serena semblait timide et en retrait. Son démon intérieur n'était pas sorti jusqu'à ce qu'elle réalise que Boh était sur la voie rapide pour devenir première danseuse ; Boh avait eu l'impression que Serena avait l'habitude d'obtenir tout ce qu'elle voulait, quand elle voulait, et pour être juste envers l'autre danseuse, Serena était une danseuse douée. Plus que douée, elle était naturelle, mais il manquait quelque chose. De la chaleur. Une connexion, tant avec son partenaire qu'avec son public. C'était la différence entre soliste et première.

Boh sourit à Céline en entrant dans le studio. « Bonjour, madame Peletier. »

Les yeux de Céline s'adoucirent. « Boh, ma chère, bienvenue. On passe juste par *La Sylphide*. On s'échauffe et on va faire les enchaînements. »

Comme toujours, quand elle commença à danser, Boh se perdit dans le mouvement, la technique et la beauté de la danse. *La Sylphide* était l'un de ses ballets préférés à danser et avec Vlad comme partenaire, ce Russe éthéré, Boh se retrouva vite profondément dans le personnage.

Une heure plus tard, cependant, une Nelly Fine très pâle et secouée interrompit la leçon et demanda à Céline de l'accompagner. « Nous sommes en pleine répétition, chère Nell.

– Je sais et je m'excuse. » Boh vit que Nell, habituellement joyeuse, était au bord des larmes. « Mais ça ne peut pas attendre. S'il te plaît, Céline. Grace sera là dans quelques minutes pour finir le cours pour toi. »

Boh sentit une peur s'installer dans sa poitrine. Céline hocha la tête et jeta un coup d'œil à la classe. « Excusez-moi, mesdames et messieurs. »

Elle partit avec Nell, et un moment plus tard, Grace, le visage déchiré et tiré, apparut. Elle ferma la porte tranquillement derrière elle. « Hé, tout le monde, reposez-vous, s'il vous plaît. »

Ils s'assirent tous par terre, murmurant entre eux. Quelque chose n'allait pas du tout. Grace prit une profonde inspiration, tremblante.

« Mes amis... Je suis désolée de vous dire qu'en début d'après-midi, juste après le déjeuner, notre chère Madame Vasquez a fait une chute. Personne n'a vu l'incident, mais nous supposons qu'Eleonor a perdu la raison et est allée sur le toit. »

Boh poussa un cri, comme d'autres, connaissant déjà la suite de l'histoire. Grace hocha la tête, les yeux remplis de larmes. « Oui. On l'a trouvée dans l'allée sur le côté du bâtiment il y a un peu plus de quinze minutes. Il n'y avait aucun espoir qu'elle survive à la chute, donc nous avons perdu... »

Grace ne put continuer et Boh se leva pour prendre son amie dans ses bras alors qu'elle pleurait. La plupart des autres étaient en larmes aussi. Boh vit Elliott, pâle comme la mort, se lever et se mettre à trembler puis sortir de la pièce. Boh hocha la tête en direction de Jeremy pour qu'il aille le chercher et Jeremy, sous le choc, suivit Elliott dehors.

IL ÉTAIT difficile de savoir quoi faire dans ces circonstances, pensa Boh plus tard, alors qu'ils se rassemblaient tous dans la salle commune. Choqué et silencieux, chaque membre de la compagnie se rassembla à l'exception de Nell et bien sûr, Céline. Même quand Oona s'était tuée l'année dernière, Boh ne pouvait se rappeler une telle douleur que celle-ci. Liz Secretariat vint les trouver, son élégante figure inclinée par le chagrin.

« Mes chéris, je ne sais pas quoi vous dire pour que vous vous sentiez mieux, parce qu'il n'y a rien à dire », dit-elle. « Certains d'entre vous, les plus jeunes, Lexie, Keith, vous ne savez peut-être pas ce qu'a été la légendaire Eleonor Vasquez, quelle pionnière.

– Nous savions, Madame Secretariat », dit doucement Lexie. Nous savions. »

Liz serra tendrement la main de Lexie. « Tout ce qu'on peut faire maintenant, c'est soutenir Céline du mieux qu'on peut, et honorer l'héritage d'Eleonor.

– Nous ferons tout ce que nous pouvons, nous travaillerons aussi dur que nous le pouvons, pour y parvenir, Madame Secretariat », dit

Boh, toujours en tenant la main de Grace. « N'importe quoi. On devrait peut-être lui dédier le spectacle.

– C'est une très bonne idée, Boh, et je suis sûre que Céline aura aussi ses propres idées. Évidemment, ce sera quelque chose à discuter après les funérailles. » Elle soupira, faisant son âge pour une fois. « Écoutez, pour aujourd'hui, rentrez chez vous, reposez-vous. Nous ouvrirons le studio demain pour tous ceux qui veulent danser, mais j'annule tous les cours, toutes les répétitions. Si vous voulez parler, ou si vous avez besoin de conseils, n'hésitez pas à demander. »

Les yeux de Boh glissèrent jusqu'à Elliott. Jeremy l'avait ramené de là où il était allé, mais son ami avait toujours l'air... dévasté ? Ils étaient tous désespérés, bien sûr, mais le chagrin d'Elliott avait quelque chose de différent.

Plus tard, alors qu'ils s'apprêtaient à rentrer chez eux, Boh réussit à être seule avec lui. « Ça va ? »

Il hocha la tête, ne la regardant pas dans les yeux. « Rien que de penser à Céline, à ce qu'elle doit ressentir. Perdre son grand amour... »

Boh n'était pas convaincue qu'Elliott lui disait toute la vérité, mais elle ne le poussa pas. Quels que soient les secrets qu'Elliott cachait, ils lui appartenaient.

BOH RETOURNA LENTEMENT au studio de Pilot, pensant à ce qu'Elliott avait dit. La pensée de perdre son véritable amour... Dieu, la douleur de cela, elle ne pouvait même pas imaginer. Des visions spontanées de Pilot, mort ou mourant, horriblement blessé, lui vinrent à l'esprit et elle sanglota.

Boh alla sur le côté d'un bâtiment et laissa son chagrin s'échapper, en enfouissant son visage dans son écharpe alors qu'elle pleurait. Quand elle eut vidé ses larmes, elle s'essuya le visage et se dirigea vers le studio de Pilot, avant de s'arrêter et de faire demi-tour. En courant vers la compagnie de ballet, elle alla dans le bureau de Nell. Son amie était assise à son bureau, la tête dans les mains, et elle leva les yeux quand Boh frappa.

« Entre, Boh. Je pensais que vous étiez tous rentrés chez vous.

– J'étais en route, mais j'ai besoin de ton aide. »

Nell la regarda avec curiosité. « Qu'est-ce qu'il y a ? »

Boh respira profondément. « J'ai besoin d'une adresse. »

BOH ATTENDIT que le gérant de l'immeuble raccroche, ne sachant pas quelle serait la réponse. Elle fut surprise quand il se retourna vers elle et acquiesça. « Vous pouvez monter. Au dernier étage. »

Elle prit l'ascenseur, ne sachant pas exactement ce qu'elle allait dire, mais sachant que c'était quelque chose qu'elle devait faire.

Quand elle arriva au dernier étage, elle frappa à la porte de l'appartement. Quand on ouvrit, elle prit une autre grande respiration. « Bonjour. Vous savez qui je suis. Il faut qu'on parle.

– Bien, bien », dit Eugénie Radcliffe-Morgan en souriant. « Alors vous feriez mieux d'entrer. »

CHAPITRE QUINZE

Des mois plus tard, Boh se demanderait si sa visite à Eugénie n'avait rien fait d'autre que d'attiser la folie de l'autre femme, mais pour l'instant, elle affrontait la femme qui avait été l'épouse de son amant pendant une décennie. Eugénie, encore plus mince que quand Boh l'avait vue chez Pilot, ses clavicules dépassant de la robe bleu royal bustier qu'elle portait. Boh pouvait dire que c'était une robe de couturier magnifiquement coupée, mais elle n'améliorait en rien la femme blonde, elle accentuait juste son corps maigre, sa fragilité. Vraiment, elle était plus mince que certaines des danseuses squelettiques avec qui Boh avait travaillé. Avait-elle déjà mangé ?

Eugénie semblait apprécier son examen minutieux. « Comparer nos corps pour découvrir ce que Pilot aime vraiment ? » Elle regarda le corps sain et athlétique de Boh, de haut en bas. « Mmmh. D'habitude, il préfère une silhouette plus... élancée. »

Boh ne mordit pas à l'hameçon. D'une part, elle savait que ce n'était pas vrai, et d'autre part, si Boh avait confiance en une chose, c'était que son corps était sain et fort, même avec l'anémie. Cette femme s'illusionnait si elle pensait que Pilot préférerait un sac d'os.

« Madame Radcliffe-Morgan, je suis venue ici avec une demande et une promesse. »

Eugénie s'assit et alluma une cigarette. Elle fit signe à Boh de s'asseoir, ce qu'elle fit. « J'écoute.

– Laissez-le partir », dit Boh sans hésiter. « Libérez-le, et ainsi, libérez- vous vous-même. Il ne veut pas de vous, Eugénie, et je pense que vous le savez. Alors pourquoi perdez-vous votre temps, et le sien ?

– Et le tien ?

– Et le mien. Aucun de nous n'a besoin de ce déni constant. Pilot et moi sommes ensemble maintenant.

– Tu le baises ? »

Boh savait qu'elle connaissait déjà la réponse et se moquait d'elle. « Oui. »

Eugénie mis les cendres de sa cigarette dans un cendrier. « Merveilleuse bite. Si épaisse et si longue. Tu ne crois pas ? »

Boh ne dit rien. Laisse-la se débarrasser de sa grossièreté. Eugénie enleva un morceau de tabac du bout de sa langue et examina Boh. « Tu n'es pas son genre, tu sais.

– C'est ce que vous avez dit. Les preuves diraient le contraire. »

Eugénie sourit. « Tu crois que t'es plus que son dernier trou à baiser ? Il fait ça avec ses modèles. Il tombe fou amoureux d'elles pendant qu'il travaille avec elles, et puis pouf ! A la minute où le spectacle est terminé, il perd tout intérêt. Penses-tu vraiment pouvoir apprivoiser ce bel homme ? »

Boh n'en croyait pas un mot, mais elle sentit quand même la pique. « Que Pilot et moi allions loin ou non n'a pas d'importance. Je veux que vous le laissiez tranquille, que vous le laissiez vivre sa vie. Je sais ce que vous lui avez fait.

– Ce que *je lui* ai fait ? » Eugénie semblait incrédule et malgré le sourire sur son visage, Boh pouvait voir la colère dans ses yeux. « Il m'a poussée à me comporter comme je ne l'aurais jamais fait s'il avait juste...

– S'il avait juste quoi ? » La voix de Boh était dure, elle savait ce qu'était d'être menée en bateau quand c'était le cas – son père en était le maître et maintenant Boh n'avait aucune patience ou empathie pour les gens qui se comportaient comme ça. « Exactement ce que tu voulais ? Supporter tes coucheries ? Ta prise de drogue ? Oui, je sais tout, Génie. Tu as traité ce... » Elle cherchait un mot pour décrire Pilot. « Cet homme *extraordinaire* comme une merde. Tu lui as pris dix ans. Tu ne te sens même pas un peu coupable pour ça ? »

Eugénie renonça à faire semblant de s'amuser. « Va-t'en. Je n'ai pas besoin d'une leçon d'éthique d'une petite pute mulâtresse comme toi.

– Et voilà le racisme. Tu n'es vraiment qu'un poney qui ne sait faire qu'un tour. » Boh se leva, voulant s'éloigner de cette vile femme autant qu'Eugénie voulait qu'elle sorte. « Souviens-toi de ça... Je suis de son côté. Je me battrai pour lui, avec lui, contre toutes les conneries que tu nous enverras. Non seulement ça, mais je parlerai à tous ceux qui t'écouteront dire combien tu es vile et répugnante. » Elle se dirigea vers la porte mais se retourna à la dernière minute. « Voici un conseil gratuit : apprends à bien te nettoyer les narines, et pour l'amour de Dieu, mange un sandwich. »

Boh claqua la porte derrière elle en partant, en sachant que sa dernière pique était cinglante, mais elle s'en fichait. Eugénie Radcliffe-Morgan était la personne la plus révoltante qu'elle ait jamais eu le malheur de rencontrer. L'idée qu'elle fasse du mal à Pilot... *Non. Ça n'arriverait plus.*

SON ADRÉNALINE la ramena au studio de Pilot, et quand elle le vit, levant les yeux de son travail et lui souriant, son cœur battit d'amour.

« Hé, je ne t'attendais pas si tôt. »

Son sourire s'estompa quand elle lui parla d'Eleonor Vasquez. « Mon Dieu, je suis désolé, bébé. » Il mit ses bras autour d'elle et elle se pencha contre son grand corps.

« Je me sens si mal pour Céline. Tu imagines, cinquante ans ensemble et c'est comme ça que ça finit ? Mon Dieu. » Boh sentit la dernière goutte d'adrénaline quitter son corps et elle s'effondra dans ses bras.

Pilot la serra contre lui. « Je ne peux rien dire pour que tu te sentes mieux, bébé, je suis désolé. Mais je peux peut-être te distraire ? »

Elle releva la tête pour qu'il puisse l'embrasser. « S'il te plaît, Pilot, s'il te plaît... »

Ses lèvres s'écrasèrent contre les siennes et il la souleva dans ses bras. Elle lui caressa le visage pendant qu'il la portait sur le canapé où ils avaient fait l'amour pour la première fois. Boh lui sourit. « Je t'aime tellement, Pilot, tellement, tellement."

– Tu es tout pour moi », dit-il en commençant à la déshabiller. « Absolument tout. »

Ils firent l'amour lentement, profitant de chaque instant de leur connexion, le reste du monde s'évaporant. Alors que la queue de Pilot plongeait de plus en plus profondément en elle, Boh tremblait et haletait, ses mamelons étaient durs contre sa poitrine, son ventre frémissait de désir quand il le caressait. Même quand elle dansait, elle ne pouvait jamais sentir ce lien avec son propre corps – il réussissait à la faire se sentir à la fois précieuse et incassable au même moment.

TANDIS QU'ILS SE REMETTAIENT, Boh le regarda timidement et lui raconta ce qu'il lui faisait ressentir. Pilot se sentit dépassé. « Wahou. » Une idée lui vint à l'esprit, alors qu'il respirait l'odeur de sa peau. « Bébé ?

– Oui, mon amour ?

– Puis-je te prendre en photo... là maintenant ? Alors que tu es allongée ici, tu es si belle... ce serait le final parfait. La façon dont la lumière fait briller la sueur sur ta peau d'or brillant, ton corps fabuleux... » Il lui passa la main sur le ventre. « Tu peux dire non si tu veux, absolument aucune pression.

– Oui », chuchota-t-elle, presque comme si elle n'arrivait pas à croire qu'elle acceptait d'être photographiée nue, juste après avoir fait l'amour. Il l'embrassa doucement. « Merci. Je te promets que personne n'aura à les voir à part toi et moi, si c'est ce que tu veux. »

Boh était étendue, le corps allongé, couvert de sueur, et il prit les photos, sachant déjà qu'elles seraient spectaculaires. Il aimait le regard dans ses yeux, rassasié, aimant, sensuel. Quand elle le regardait directement avec ces beaux yeux bruns, il voyait la confiance et la dévotion en eux et cela le faisait vibrer. Le capturer avec son appareil photo était une chose ; le savoir et le croire authentique était autre chose. Boheme Dali l'aimait autant qu'il l'aimait – il ne faisait aucun doute et réaliser cela le fit presque chanceler.

Il se concentra plutôt sur ce qu'il savait être les meilleures photographies de sa carrière. C'était le portrait d'une danseuse, mais aussi d'une femme, d'une fille qui grandissait devant lui, *avec* lui. Avec sa douce persuasion, Boh posa pour lui, à la fois en mode danseuse et en mode décontracté, enveloppée dans son sweat-shirt, lui souriant, ou entièrement nue en arabesque, en pointe, ou à la barre.

Il prit des gros plans de son corps nu, les pics de ses mamelons, durcis par son toucher, la courbe de son ventre mou avec son nombril rond et profond – les ombres qu'il obtenait avec ses lumières étaient exquises.

Ce ne fut pas seulement une séance de photos, cela devint un prolongement de leurs ébats amoureux, arrêtant souvent de prendre des photos pour refaire l'amour, tous deux nus et en riant, en jouant avec tous les accessoires auxquels ils pouvaient penser.

Il était tôt le matin avant qu'ils s'arrêtent et s'habillent enfin pour rentrer chez eux. Ils marchaient main dans la main dans les rues de minuit de Manhattan, même s'il faisait froid. « J'adore cette heure de la nuit », dit Boh. « Même à New York, il y a un calme particulier. »

Pilot gloussa. « C'est bizarre, mais je vois ce que tu veux dire. »

Dès qu'il eut fini de parler, une voiture pétarada et ils rirent tous les deux. « Jinx ! »

– Ah. Au fait, avec tout ça, j'ai oublié de te dire. »

Boh le regarda avec curiosité. « Quoi ? »

Pilot sourit. « L'agent immobilier a appelé. Le loft est à nous. »

Ni l'un ni l'autre ne virent la femme qui les suivait, les regardant attentivement alors qu'ils revenaient à l'appartement de Pilot ; ses yeux les suivirent jusqu'à ce qu'ils disparaissent dans son immeuble, puis elle se retourna et repartit, disparaissant dans la nuit.

CHAPITRE SEIZE

G race s'assit sur le lit de Boh et la regarda faire ses valises.
« Tu vas me manquer, Boo », sourit-elle à son amie.

« Moi aussi. Je me sens mal de t'avoir laissée dans cet
état.

– Mais non pas du tout. » Grace lui passa une pile d'écharpes.
« Quand tu as rencontré Pilot pour la première fois, j'ai deviné que
c'était comme ça que ça se passerait. Vous semblez si parfaits l'un
pour l'autre. »

Boh sourit. « Je sais, n'est-ce pas ? Mais quand même, tu vas être
capable de gérer le loyer ?

– Arrête de t'inquiéter. Si tu peux garder un secret, j'ai des
nouvelles. NYSMBC m'a offert un poste d'enseignante la saison
prochaine. »

Boh s'arrêta. « Quoi ?

– Je prends ma retraite de la danse, du moins en grande partie. La
fracture de stress que j'ai subie l'année dernière a fait une réappari-
tion et j'en ai eu assez. » Elle soupira. « Écoute, j'ai été première
danseuse dans ma propre compagnie de ballet. Que faire de mieux ?

– Étoile », souligna Boh, puis soupira. « Mais je ne peux pas t'en
vouloir. »

Grace l'étudia. « Tu es stressée à propos du spectacle ?

– Oui et non. Je m'inquiète parce que Kristof n'est pas lui-même, tu as remarqué ? Pas de crises de colère, pas de cris, pas de violence. Il semble... maîtrisé, si ce n'est un mot trop faible.

– Peut-être qu'il a enfin évacué les drogues ? »

Boh fronça les sourcils et Grace gloussa. « Allez, tu penses vraiment qu'il a arrêté ? On sait tous comment il se nourrit. Comment il réussit les tests urinaires, je ne sais pas, mais il le fait.

– La compagnie est au courant ?

– L'accord était d'avoir des tests de dépistages clean. Il les obtient, ce qui donne à Liz et au conseil d'administration un déni plausible. Ils ont besoin de lui, surtout après le donneur anonyme. Je me demande toujours qui c'est, qui est son bienfaiteur. »

Boh fit un bruit, pensant toujours aux tests de dépistage de drogues cleans. Kristof avait été plus calme, ses yeux plus clairs, son tempérament retenu. Peut-être qu'il était clean, maintenant. Elle n'avait aucune illusion sur ce qu'il ne deviendrait tant qu'on s'approchait du spectacle. Deux semaines de plus. Elle, Vlad, Elliott, et les autres maîtrisaient leurs rôles – c'était une question d'attente maintenant.

Elle regarda autour de la pièce vide. « Wahou. Si tu m'avais dit il y a trois mois...

– Que tu allais tomber amoureuse d'un magnifique milliardaire, emménager dans un grand loft *et* faire l'objet d'une grande installation artistique ? »

Grace souriait tandis que Boh rit. « Dit comme ça. » Elle s'assit sur le lit à côté de son amie. « Je danserai aussi. À la fin de l'exposition, la dernière photo sera levée et je danserai une petite pièce. C'était l'idée de Pilot.

– La pièce sur Arnalds ? » Grace avait l'air impressionnée et Boh hocha la tête.

« On m'a persuadée. Aussi, je dois te prévenir... il y aura, euh, des nus.

– De *toi* ?

– Non, du gars de *Ghostbusters*. Oui, de moi. »

Les sourcils de Grace grimpèrent en flèche. « Je suis si fière de toi. Cet homme a été si bon pour toi. Et toi pour lui, je sais. Il a perdu le regard hanté qu'il avait quand on l'a rencontré.

– Tu as vu ça aussi ? »

Grace toucha sa tempe. « Observatrice. Cet homme souffrait et maintenant, il vivant. »

Boh sentit soudain une vague d'émotion. « Je n'arrête pas de penser au revers de la médaille. »

Grace la prit dans ses bras. « C'est juste être humain, chérie, et être New-Yorkais. Nous sommes naturellement cyniques. Rien ne va mal se passer. »

PILOT VINT LA CHERCHER, et ils partagèrent un dernier repas avec Grace, de la nourriture chinoise que Pilot avait apportée, plus deux énormes bouteilles de champagne. Ils trinquèrent. « Je pourrais dire que je me sens mal de t'avoir volé Boh, Gracie, mais ce n'est pas le cas », dit-il en riant.

« Je ne te demande que de bien t'occuper de ma copine.

– Je te le promets, et tu sais que tu es toujours la bienvenue chez nous, si tu te sens seule. Quand tu veux. »

Grace sourit. « Tu es vraiment un homme gentil, mais en fait, j'ai déjà un colocataire en ligne.

– Elle me remplace si vite. » Boh fit semblant de se faire tirer une balle dans le cœur, s'affalant dans sa chaise et laissant sa langue pendante. Pilot sourit et Grace gloussa.

« Lexie. Cette fille vient de l'autre côté de Paterson tous les jours. Je lui ai proposé ta chambre à prix réduit. J'espère que ça ne te dérange pas.

– Pas du tout. Cette fille te vénère, avec raison. »

Grace acquiesça de la tête. « Je ne sais pas, mais c'est une star en devenir.

– Pas de doute là-dessus. »

· · ·

FINALEMENT, Grace les mit dehors. « Allez, allez baptiser votre nouvel appart et soyez heureux. Je vous aime tous les deux. »

Alors qu'ils prenaient l'ascenseur jusqu'à leur nouveau loft, Boh sentit un calme descendre sur elle. Une nouvelle vie, pensa-t-elle, pleine d'amour et de rires, et cet homme magnifique, lui tenant la main. Elle le regarda, toujours surprise par la beauté de son sourire.

« Est-ce que ça va ?

– Plus que bien », dit-elle. « Je t'aime.

– Je t'aime aussi, bébé. »

Il insista pour la porter en passant le seuil. Elle gloussa en prétendant qu'il titubait. « Nous ne sommes pas mariés, Pilot. Nous ne sommes pas obligés de faire ça. »

Il s'arrêta, la mit sur ses pieds et prit son visage dans ses mains. « Si. C'est ça, Boheme Dali. Le début de tout. Notre vie ensemble. À partir de maintenant, Boh, nous allons être les gens les plus heureux sur cette terre. »

Mais, bien sûr, il avait tort.

CHAPITRE DIX-SEPT

Serena claqua la porte de son casier et descendit jusqu'à l'extérieur de l'immeuble. Kristof était en train de donner ses cours, mais il lui avait donné une clé de son appartement. Qu'il l'ait reconnu lui-même ou non, Serena le voyait comme une récompense, un *merci*, pour avoir résolu son problème Eleonor Vasquez.

Et cela avait été si facile. La femme plus âgée errait déjà dans les couloirs du bâtiment de la compagnie, et l'emmener sur le toit avait été très facile, la dirigeant vers le bord.

« Céline t'attend juste de l'autre côté de ce petit mur », lui avait-elle dit, et elle avait regardé Eleonor Vasquez marcher vers sa mort... Serena se disait que ça ne comptait pas comme un meurtre.

Kristof avait été choqué quand elle lui avait dit qu'Eleonor était morte. Il était au lit, malade parce qu'il était en train de se sevrer des drogues. Elle se souriait à elle-même. Idiot. Il ne serait jamais clean – elle lui administrait de petites doses d'une nouvelle drogue dans sa nourriture, mais suffisamment pour qu'elle puisse mesurer sa réaction à ces doses. À mesure qu'elle augmentait la dose, elle pouvait le voir dans ses yeux, la légère perte de contrôle à nouveau. Bon. Quand elle aurait besoin qu'il explose, il le ferait.

Elle sortit son paquet de cigarettes en arrivant sur le trottoir et ne vit pas immédiatement la limousine garée le long du trottoir avant que la fenêtre ne soit abaissée.

« Excusez-moi ? »

Serena leva les yeux et vit une blonde, mince mais belle femme qui lui souriait. « Oui ? »

La femme s'approcha plus près. « Vous êtes Serena Carver, n'est-ce pas ?

– Oui, et vous êtes ? »

La femme sourit. « Eugénie Radcliffe-Morgan. J'aimerais vous parler quelques instants, si ça ne vous dérange pas. Je pense que nous pourrions être d'une grande utilité l'une pour l'autre. »

Pour la première fois, Boh vit Pilot avoir l'air nerveux. Aujourd'hui, ils finalisaient la commande de ses tirages pour l'exposition, et son ami Grady Mallory venait de Seattle pour voir les photos.

Malgré son courage en permettant à Pilot de la photographier nue, elle rechigna légèrement quand elle vit les énormes gros plans de son corps, ses seins, son ventre, même le triangle sombre entre ses cuisses. Elles étaient splendides, elle devait l'admettre, mais tout de même, c'était *son* corps affiché au monde entier.

Grady Mallory la rassura vite. Un beau blond d'une quarantaine d'années, des manières faciles et sa personnalité amicale lui remontèrent le moral et celui de Pilot.

« C'est incroyable, Pilot », dit-il en marchant dans l'espace au MOMA. « Tellement beau. Tu t'es dépassé pour la Fondation. » Il sourit à Boh. « Et toi... tu es prête à être une superstar après ça ? Parce que tu le seras. »

Elle devint rouge écarlate. « Tant que ça fait l'affaire pour la Fondation.

– Et j'ai entendu dire que tu danseras pour nous aussi ?

– Si on peut faire fonctionner la musique », dit Pilot en lui serrant la main. « Croisons les doigts, mais allons, je l'espère. Tu devrais voir Boh danser, Grady. C'est la deuxième plus belle vue sur Terre.

– Deuxième ? » Grady et Boh rirent tous les deux, et Pilot sourit, faisant un signe de tête en direction de l'immense nu qu'il avait pris de Boh juste après qu'ils eurent fait l'amour.

« C'est le numéro un. »

Plus tard, l'une des assistantes du MOMA parla à Boh de la petite scène où elle danserait. Pilot la regardait interagir facilement avec l'autre femme. Grady gloussait en le regardant. « Mec, tu vas avoir de gros ennuis. Je connais ce regard. Tu es amoureux, et complètement.

– C'est vrai », rit Pilot. Grady et lui avaient toujours été de bons amis, et Grady, comme ses autres amis, n'avait pas aimé Eugénie, mais avait toujours été trop poli pour le dire.

« Regarde ces photos. Regarde comme elle te regarde. Wahou, mec. »

« Je sais. »

Grady hocha la tête. « C'est ton sommet de carrière, Scamo, j'espère que tu t'en rends compte.

– Crois-moi, oui. Quand j'ai rencontré Boh, j'ai rencontré ma muse. Ça n'a presque pas d'importance qu'elle soit ballerine, même si c'est une partie fondamentale de qui elle est. Tu ne peux pas extraire la ballerine qui est en elle. Mais pour moi, Boh elle-même est une œuvre d'art à elle seule.

– Et ça se voit dans ton travail, mon ami. » Grady plaça sa main sur l'épaule de Boh, puis sourit quand Boh les rejoignit. « Puis-je vous inviter tous les deux à dîner ? »

Boh regretta : « J'ai une répétition, mais vous devriez y aller tous les deux. Je te verrai à la maison plus tard, bébé. » Elle embrassa la joue de Pilot, rencontrant son regard.

Pilot lui sourit. « On ne peut pas te déposer ?

– Non, la promenade me réchauffera. Grady, c'est un plaisir de t'avoir enfin rencontré. Je suppose que je te verrai à l'exposition ?

– Je te vois dans dix jours, belle demoiselle. Ma femme, Flori, sera avec moi. Je sais que vous vous entendrez bien. »

. . .

Serena trinqua avec Eugénie, avec un verre de champagne, et sourit. Ce que l'autre femme lui avait offert, et ce que Serena lui avait dit en retour, lui avait fait réaliser à quel point elle tenait le pouvoir dans ses mains. Quand Eugénie ouvrit son sac à main et en sortit l'argent, Serena dut se battre pour garder son visage impassible. Elle n'avait jamais vu autant de billets de cinquante dollars.

Maintenant, elle examina l'autre femme. « Tu es sûre ? Tu es sûre que tu veux aller aussi loin ? »

Eugénie sourit. « Tu peux y arriver ? »

Pendant un moment, Serena hésita. Ce qu'on lui demandait de faire... il n'y avait pas de retour en arrière. Oui, le plan signifiait qu'elle n'aurait pas à prendre la responsabilité de quelqu'un d'autre qu'elle-même. Mais pourrait-elle vivre avec ça ?

« Carver, je t'ai posé une question. Tu en es ? »

Merde. « Oui », dit-elle avec certitude. « J'en suis. »

Eugénie regarda la rouquine partir. Depuis qu'elle avait suivi Kristof jusqu'à chez lui, elle savait qu'il baisait la jeune femme, mais ce n'est que lorsqu'elle les avait vus ensemble qu'elle l'avait vu. Serena Carver avait Kristof Mendelev dans sa main. *Kristof !* Eugénie avait ri à haute voix en y pensant, puis presque aussi vite, elle avait réalisé à quel point cela pouvait être utile dans son plan de vengeance.

Maintenant que Serena l'avait renseignée sur la relation entre Kristof et la petite pute de Pilot, les choses étaient devenues beaucoup plus intéressantes, et Eugénie savait qu'elle avait trouvé un partenaire, du moins pour le moment. La petite danseuse aux cheveux roux avait la quantité de dépit nécessaire pour qu'Eugénie puisse en profiter et elle avait hâte de travailler avec elle.

Cela signifiait aussi qu'elle, Eugénie, avait un bouc émissaire et c'était toujours un bonus. Pendant toute la durée de son mariage, Pilot avait été son souffre-douleur, mais maintenant elle avait besoin de quelqu'un d'autre pour l'aider à le punir.

Génie prit son manteau. Aujourd'hui demandait des cocktails

chez Gibson & Luce sur la 31ème rue. Elle prit l'ascenseur jusqu'au hall d'entrée et demanda au portier d'appeler un taxi. Elle souriait encore alors que le chauffeur s'éloignait du trottoir.

SERENA ATTENDIT que Kristof s'endorme, puis alla chercher l'enveloppe que lui avait donnée Eugénie Radcliffe-Morgan. Elle compta deux fois l'argent, les mains tremblantes, puis regarda par la fenêtre. Cinq cent mille dollars. *Cinq. Cent. Mille. Dollars.*

Serena prit quelques respirations tremblantes. C'était beaucoup, peut-être plus qu'elle ne l'avait imaginé. Pourrait-elle faire ça ? Devait-elle le faire ?

Cinq cent mille dollars.

Elle entendit Kristof s'agiter dans la pièce à côté et l'appeler. Elle faillit avoir pitié de lui. Elle regarda encore l'argent.

Cinq cent mille dollars.

Le prix d'une vie humaine.

CHAPITRE DIX-HUIT

L e cœur de Boh se brisa. Elle vit Elliott entrer en boitant dans le studio avec un regard résigné sur son visage. « Oh, non, El, que s'est-il passé ?

– Un abruti m'a renversé à vélo ce matin, il ne s'est pas arrêté. »

Boh alla près de lui. « C'est une entorse ?

– J'espère que c'est tout ce que c'est », dit Elliott en s'asseyant sur le sol. Il retira son chauffe-jambes et ils gémirent tous les deux. Du sang coulait à travers son legging. « Bon sang. C'est peut-être juste une blessure superficielle. J'ai dansé avec pire. »

Mais quand Kristof regarda, il envoya Elliott à l'hôpital. « Je veux que mon danseur soit parfait », dit-il en s'énervant. « Prie, Elliott, que ce ne soit qu'une blessure superficielle. »

Mais ce n'était pas le cas. On apprit qu'Elliott s'était fracturé un métatarse. Il ne serait pas capable de danser pour le spectacle, qui était le lendemain.

« *Putain !* » cria Kristof, ce qui fit taire les autres. Même Jeremy, persuadé avec arrogance qu'il remplacerait maintenant Elliott blessé dans *La Leçon*, la finale du spectacle.

Pendant quelques minutes, ils s'assirent en silence. Nell vint les aider à discuter de ce qu'il fallait faire – les billets avaient été vendus, le public s'attendait à ce dont on avait fait la publicité, dit-elle.

« Ou mieux », dit Kristof en regardant entre Boh et Nell. « Je danserai le rôle d'Elliott. »

Il y eut un silence stupéfait. Nell fut la première à s'en remettre. « Kristof... ce spectacle était censé être celui des étudiants.

– L'élève que j'ai formé, religieusement, de façon exhaustive, a été assez négligent pour se blesser. Je ne fais confiance à personne d'autre pour danser avec Boh. » Il secoua la main en direction de Nell. « Fais en sorte que ça arrive. »

Nell regarda Boh qui grimaça, mais haussa les épaules. C'était le spectacle de Kristof ; il pouvait tout danser lui-même s'il le voulait. Nell soupira et quitta la pièce.

« Boh. » Kristof claqua des doigts, ce qui l'énerva, mais elle se leva quand même et prit la première position.

APRÈS UN APRÈS-MIDI de comportement de plus en plus irritable de Kristof, elle était impatiente de rentrer à la maison voir Pilot. Quand elle ouvrit la porte, elle entendit des voix. Elle posa son sac dans le couloir et entra dans le salon. Pilot était là et, à la grande joie de Boh, Ramona lui sourit, alors qu'une autre femme plus âgée qu'elle ne reconnaissait pas se tenait debout derrière la sœur de Pilot. Ramona embrassa Boh fort et lui murmura à l'oreille : « C'est notre mère. Ne t'inquiète pas, mais elle va te cuisiner. »

Oh, super. Quand Ramona la relâcha, Boh sourit timidement à la femme plus âgée. « Bonjour, Mme Scamo... Je veux dire, Professeur Scamo. Je suis très heureuse de vous rencontrer. »

Blair Scamo sourit, mais cela n'atteignit pas ses yeux et Boh sentit son cœur se briser. Clairement, cette rencontre allait être un test de son amour pour Pilot. Les yeux de Boh passèrent à son amant. Pilot se mit à côté de Boh. « Maman, je pense qu'on doit laisser Boh un moment. Nous – et là, je veux dire toi – ne l'avons pas avertie. Donc, avant que tu te lances dans un *Test de personnalité*, peut-on au moins prendre un verre ? »

Blair Scamo regarda son fils dans les yeux pendant un moment, puis rit. « Désolée, Boh. Recommençons. Bonjour, je suis Blair, la mère de Pilot et Ramona. »

« Boheme Dali... l'amie de Pilot. » Elle rougit furieusement.

Pilot éclata de rire et Ramona leva les yeux au ciel, poussant Boh. « On vient de voir la collection *complète* des photos de toi de Pilot. On n'a pas de secrets. Maman sait ce que vous faites tous les deux.

– Quelqu'un t'a déjà dit que tu étais pénible ? » demanda Pilot à sa sœur, qui souriait largement. Il embrassa le temple de Boh. « Bébé, pourquoi n'irions-nous pas boire un verre et nous reposer pendant que ces deux harpies s'installent ? »

Reconnaissante pour cette porte de sortie, Boh suivit Pilot dans la cuisine. « Je ne savais pas qu'elles venaient, je le jure, et elles sont arrivées cinq minutes avant toi. Je n'ai pas eu le temps de t'envoyer un SMS.

– Ne t'inquiète pas pour ça. Bonjour », dit-elle en lui tirant le visage vers le bas pour un baiser, il gloussa et pressa ses lèvres contre les siennes.

« Salut, bébé. Comment s'est passée ta journée ? »

Boh soupira et leva les yeux au ciel. « Terrible. Elliott s'est blessé, gravement. Il s'est cassé un métatarse." »

Elle sourit à l'expression vide de Pilot. « C'est un os dans le pied, imbécile. Pas très bon pour un danseur de ballet.

– Ah. Hé, ça craint. Et alors ?

– Kristof prend sa place. » Boh rencontra le regard de Pilot et elle savait qu'il était aussi ennuyé qu'elle.

« Son ego.

– Je sais. Mais il connaît le rôle à fond. »

Pilot expira longuement. « C'est juste... bon sang.

– Quoi ? »

Pilot s'appuya contre le comptoir et croisa les bras. « Je sais que c'est du jeu. Je sais que ce n'est pas réel... mais je ne sais pas si je peux supporter qu'il devienne violent avec toi. Le voir. »

Elle leva la main pour lui caresser le visage. « *C'est* juste du jeu, bébé. La seule bonne chose que je puisse dire de Kristof Mendelev, c'est que, sur scène, il est tout à fait professionnel.

– *Kristof Mendelev ?* » La voix indignée de Blair Scamo arrêta leur conversation.

Boh acquiesça. « C'est notre directeur artistique. »

Blair regarda Pilot. « Tu étais au courant ?

– Bien sûr. Maman, tu sais quoi ? Ce n'est pas pour défendre Mendelev, c'est un connard et un salaud, mais ce n'est pas lui qui m'a épousé. *Génie* m'a trompé. Je n'aime pas Mendelev mais c'est le patron de Boh. »

Blair hocha la tête, et quand elle regarda Boh, ses yeux devinrent sympathiques. « Si tu peux survivre au fait d'être entraînée par cet homme, tu peux survivre à tout. C'est impressionnant.

« Merci », dit Boh, doucement, et elle regarda Pilot. « Hey, bébé, pourquoi tu ne nous laisserais pas discuter avec ta mère pendant un moment ? »

Pilot hésita puis hocha la tête. Il embrassa de nouveau la tempe de Boh et lança un regard d'avertissement à sa mère.

Pendant un moment, ni l'une ni l'autre ne dirent rien. Puis Blair sourit. « Je pense qu'il pense que je vais être l'Inquisition espagnole. »

Boh gloussa. « Si c'était le cas, je ne vous blâmerais pas. Je suis une fille de vingt-deux ans qui vient d'un trou perdu. Après ce que Pilot a traversé dans son mariage, si j'étais vous, je serais en train de m'attacher à un détecteur de mensonges et de me droguer avec du sérum de vérité. Tout ceci... » dit-elle en agitant la main pour désigner l'appartement « c'est génial, mais je vivrais dans une boîte à chaussures avec votre fils. Je dormirais sous n'importe quel pont en ville tant qu'il serait avec moi. Je me fiche de son argent. C'est le sien. Je l'aime, *lui*, l'homme, cet homme drôle, loufoque, bon, blessé à l'intérieur. »

Elle devint toute rouge lors de son discours, mais Blair tendit la main vers elle et les deux femmes s'embrassèrent. Boh sentit des larmes dans ses yeux. « Je veux la tuer pour ce qu'elle lui a fait », chuchota-t-elle.

Blair se retira et essuya le visage de Boh avec sa manche. « Moi aussi, ma chérie. Moi aussi. »

APRÈS CELA, ils passèrent une merveilleuse soirée avec la mère et la sœur de Pilot, et à la fin de la soirée, elles promirent toutes les deux d'être là le lendemain soir à sa représentation.

Après leur départ, Pilot lui sourit. « Tu as une autre fan. Je le jure, tu es magique.

– Ta famille est magique. Je dois admettre que je suis envieuse. »

Pilot lui tendit la main. « Viens au lit. »

Ils restèrent allongés un moment, à parler. « Penses-tu que tu te réconcilieras un jour avec ta famille ? »

Elle secoua la tête. « Non. Et honnêtement, je sais que j'ai dit que j'enviais ta famille, mais cela ne veut pas dire que je veux que ma famille se transforme miraculeusement en eux et revienne dans ma vie. Trop d'eau a coulé sous les ponts. Trop d'eau. »

Pilot lui caressa doucement le visage. « Pour ce que ça vaut... ma famille *est* ta famille maintenant.

– Je t'aime tellement », murmura-t-elle, et elle passa ses lèvres sur les siennes. Elle ne pouvait pas imaginer sa vie sans cet homme maintenant.

Il la roula doucement sur son dos et se déplaça sur elle. « Est-ce que le ballet, c'est comme le sport ? La veille d'un grand spectacle, est-il conseillé de faire l'amour ?

– Ce n'est pas seulement conseillé », dit-elle en sursautant, car, avec un sourire, il introduisit sa bite dure comme du roc. « C'est la loi. Surtout faire l'amour avec le meilleur photographe du monde... oh Dieu, oui, Pilot, comme ça... »

Il poussa fort et elle sentit son corps réagir, ses cuisses se serrer autour de lui comme il poussait plus fort et plus profond à chaque coup. Ses yeux étaient intenses, posés sur les siens comme ils faisaient l'amour, et Boh sentit l'amour qu'il ressentait pour elle. Il la fit avoir orgasme sur orgasme avant qu'ils s'écroulent, épuisés.

Pilot la tenait dans ses bras alors qu'elle s'endormait. « Demain, bébé », chuchota-t-il. « Demain, c'est toi la star.

– Tant que tu es là avec moi, je me fiche de qui est l'étoile. »

Il gloussa. « Profites-en, bébé. C'est ton heure. »

Elle s'endormit en rêvant d'applaudissements, de fleurs qui pleuvaient sur elle, et Pilot, dans le public, le plus fier de tous.

19

CHAPITRE DIX-NEUF

Eugénie appela Serena sur le téléphone prépayé qu'elle lui avait envoyé. « C'est fait ?

– Tout est prêt. Kristof est le nouveau rôle principal, comme je lui ai suggéré. Il dansera avec Boh demain soir.

– Bien. C'est bien. Et le reste ?

– Tout est arrangé. Ils ne s'attendent pas à ce que ça tourne mal, alors la sécurité est laxiste. »

Eugénie sourit au téléphone. « Es-tu prête pour que les choses tournent mal ? »

Serena sourit. « J'ai hâte d'y être. »

Pilot accompagna Boh au Metropolitan le lendemain alors qu'ils se préparaient pour le spectacle. Le fait qu'il soit avec elle l'aidait, mais elle savait que Kristof n'aimerait pas ça. Alors elle lui fit faire un tour rapide et passa en revue les ballets avec lui.

« À la fin de *la Leçon*, le maître poignarde l'élève jusqu'à ce que mort s'ensuive. » Elle fit un mouvement de poignard sur la musique *Psycho*. « Puis ils emportent son corps alors qu'un autre élève sonne à la porte et le cycle reprend. »

Pilot acquiesça d'un signe de tête. « Alors comment tu fais ça ? Du faux sang ?

– Non. C'est trop long à nettoyer. Croyez-le ou non, moi, en tant qu'élève, je vais m'effondrer, face au public, et quand le professeur et sa femme de ménage déplaceront le corps, ils vont me mettre un drap rouge dessus. C'est moins horrible que ça en a l'air. L'horreur, en fait, est qu'il l'a déjà fait et il le fera encore. »

Pilot lui caressa la joue. « J'ai hâte de te voir danser, bébé. »

Elle sourit et l'embrassa.

« Comme c'est touchant, mais j'ai besoin que la scène soit dégagée, s'il vous plaît. » dit Kristof, sans regarder Pilot. Boh soupira et leva les yeux au ciel en direction de Pilot, qui sourit, faisant les gros yeux dans le dos du directeur artistique.

« Je te regarderai du premier rang, bébé. Tu seras magnifique, je le sais. »

Boh l'embrassa. « Je t'aime.

– Scène dégagée, maintenant ! » Kristof avait l'air irritable, agité.

Pilot fit un dernier sourire à Boh et quitta la scène. Kristof regarda finalement Boh. « Enfin. Maintenant, est-ce qu'on va filer ce truc ou pas ? »

EUGÉNIE APPELA Serena sur le téléphone prépayé qu'elle lui avait envoyé. « Tout est prêt ? »

Serena gloussa. « N'aie crainte, tout se passera exactement comme prévu. » Elle regarda par-dessus son épaule son ancien amant qui aboyait des instructions aux danseurs. « Il est sur le fil du rasoir. D'ici la fin de la soirée, toi et moi aurons toutes les deux ce que nous voulons.

– Bien. Et écoute, je regarderai. Une fois que c'est fait, le reste de l'argent sera livré au casier de Penn Station. J'apprécie ton aide – et ton silence.

– Sois-en persuadée », répondit-elle doucement. *Aussi longtemps que ça m'aide à rester silencieuse, salope.* Bien qu'elle ait trouvé des points communs avec la femme riche, Serena n'aimait pas Eugénie Radcliffe-Morgan et ne lui faisait pas confiance. La femme l'effrayait, franchement, et Serena n'avait pas peur facilement, mais il y avait quelque chose, une certaine folie dans les yeux d'Eugénie qui la terrifiait.

Même Kristof dans sa folie la plus pure n'avait pas cette fureur brute, ce besoin de vengeance. Est-ce que Serena se souciait de savoir si des gens étaient blessés ? Non, tant qu'elle n'était pas parmi eux. Elle était vraiment dans le pétrin. Tuer Eleonor, ou du moins préparer le terrain pour l' « accident » d'Eleonor n'était rien pour elle. Ce qui allait se passer ce soir l'excitait. Elle ne savait pas si Eugénie ne la trahirait pas pour sauver sa peau.

Serena rangea son téléphone et regarda Boh et Vlad répéter *La Sylphide*. Elle admirait la façon dont Boh se déplaçait, ses extensions longues et gracieuses, son travail sur pointes impeccable. Avoir à la suivre sur scène avait toujours été difficile, en essayant d'être à la hauteur des prouesses de l'autre danseur.

Les yeux de Serena se tournèrent vers Kristof. Il n'était pas aussi allumé qu'elle voulait qu'il soit. Elle glisserait le reste de la drogue dans son organisme juste avant qu'il ne monte sur scène – malgré le léger scandale du fait que le directeur artistique remplacerait un premier danseur, la chance de voir Kristof Mendelev danser avait fait vendre le spectacle – même la liste complémentaire était pleine. *Ce soir, mon amour, tu auras la performance de ta vie et le monde entier verra Kristof Mendelev pour le monstre que tu es vraiment.*

Serena l'observa quelques minutes de plus avant de se changer, prête pour sa propre répétition.

Boh remarquait tout ce que Kristof faisait à l'approche du lever de rideau. Tout l'après-midi, il avait été distrait tout en continuant d'aboyer des insultes, ses pupilles dilatées, sa peau en sueur. Elle devinait qu'il était sous influence, mais elle était surprise qu'il le laisse paraître si facilement.

Elle se frotta le poignet. Lors de la dernière répétition de *La Leçon*, il avait été brutal avec elle, plus brutal que nécessaire, et à un moment donné, il lui avait tordu le poignet si fort qu'elle avait pleuré. Il avait lâché son bras immédiatement, ayant l'air choqué lui-même. Il s'était excusé et était retourné dans sa loge, probablement pour prendre un peu plus de poison, quel qu'il fût. *Peu importe.* Son poignet allait bien, juste un peu douloureux, mais quand elle faisait son port de bras, elle se sentait bien.

Malgré son inquiétude pour Kristof, elle sentait un calme s'abattre sur elle : elle connaissait les morceaux, chaque geste, chaque pas, chaque saut, chaque pirouette. Elle oubliait le public qui se rassemblait devant –tout le monde, sauf une personne. Ce soir, elle dansait pour l'homme qu'elle aimait et elle voulait l'impressionner et l'émouvoir à chaque pas.

« Mademoiselle Dali ? Quinze minutes, s'il vous plaît. »

Calme. Inspirer, expirer. Boh se leva et frappa à la porte voisine. Lexie était assise à sa table de maquillage, et Boh pouvait voir l'apprentie trembler. Elle avait reçu le rôle de la femme de ménage dans *La Leçon*, une récompense pour avoir travaillé si dur et impressionné Grace, mais Boh pouvait voir que la jeune fille était terrifiée. Elle la serra dans ses bras.

« Lexie, chérie, tu seras superbe. Tu danseras mieux que Kristof et moi, alors n'aie pas peur. » Boh regarda autour d'elle de manière conspiratrice. « Ne dis pas que j'ai dit ça, mais il y a des discussions dans la compagnie de ballet. Quand tu seras dans le corps, ne t'attends pas à y rester longtemps. On parle d'un rôle de soliste d'ici la fin de la saison prochaine. »

Les yeux de Lexie devinrent grands. « Tu plaisantes ?

– Non, chérie, je te jure. La seule personne qui ne sait pas que tu es aussi bonne que tu l'es, c'est toi.

– Merci, Boh. »

AU DÉBUT DE LA MUSIQUE, le cœur de Pilot se gonfla. Sa sœur, assise à côté de lui, le poussait et souriait. Blair Scamo était assise de l'autre côté. À tout moment maintenant, il verrait son amour, sa Boh adorée danser sur cette magnifique scène, et pour l'instant, il ne savait pas comment son cœur serait capable de le supporter. Elle lui avait apporté tant de joie et de bonheur que la voir dans son élément... il ne pouvait trouver les mots. Il regarda sa mère, qui lui sourit... « Tu aimes bien Boh, hein ?

– Chéri, cette fille est ta moitié. Je le vois, Ramona le voit... Boh est ta personne et je suis ravie pour vous deux. »

Pilot sentit sa gorge se gonfler, et il sourit et hocha la tête, mais ne put pas parler.

Et puis le ballet commença. Pendant qu'il regardait, Boh dansait sur scène, coquette et flirtait avec le James de Vlad, le séduisant par sa douceur et sa beauté éthérée loin de sa fiancée.

Comme Boh le lui avait promis, il se perdit dans les histoires. La Sylphide, un esprit des bois, séduisait un jeune homme, James, loin de sa fiancée, et la femme rejetée travaillait avec une sorcière pour avoir sa revanche. Ils jouaient l'acte II du ballet, où les deux amants étaient découverts lors de la fête de mariage. Pilot regarda Boh et Vlad qui étaient convaincus par la sorcière que l'écharpe qu'elle tenait était une écharpe magique qui les lierait ensemble.

Alors que l'écharpe était enroulée autour de Boh/La Sylphide, elle commença un mouvement qui jouait la tragédie – l'écharpe était empoisonnée, et La Sylphide mourut dans les bras de James. Pilot sentit sa poitrine serrée pendant que Boh jouait sa scène de mort. *Ils jouent la comédie.* Du coin de l'œil, il vit sa mère essuyer une larme.

Alors que James mourait de son cœur brisé, le rideau s'abaissa sous les applaudissements enthousiastes du public. Pilot était debout quand les danseurs revinrent pour leur rappel et Boh lui fit un clin d'œil depuis la scène. Ramona se mit à hurler, obtenant des regards surpris de la part du public, mais elle s'en fichait.

Pilot s'intéressa peu à la deuxième partie, *Roméo et Juliette*. Au lieu de cela, il essayait de finaliser l'arrangement de ses photographies pour l'exposition. Il y avait tellement de clichés de Boh qu'il avait l'embarras du choix, mais il avait besoin de s'assurer que la collection était cohérente.

À l'entracte, Ramona se moqua de lui. « Mec, t'as au moins vu un pas de cette dernière partie ? »

Pilot haussa les épaules. « Pas vraiment.

– Tu penses à l'exposition ? »

Il hocha la tête. « Je dois vraiment m'assurer d'avoir capturé Boh, pas seulement au repos, mais la façon dont elle bouge, la fluidité… »

Ramona toussa « Geek » dans sa main et Pilot lui fit un doigt d'honneur. Sa mère parlait à d'autres invités, et il sentit un frisson d'excitation passer dans la pièce. Ramona le sentit aussi. « Je suppose que tout le monde attend cette dernière partie.

« Je suppose que oui. »

Alors qu'ils revenaient à l'auditorium, il ne put s'empêcher de se sentir mal à l'aise. Une fois de plus, il se rappela que ce n'était qu'une représentation et qu'il espérait pouvoir tenir le coup lorsque le ballet atteindrait son moment le plus controversé.

Alors que le rideau se levait, il prit une grande inspiration et attendit.

CHAPITRE VINGT-ET-UN

Boh sut que quelque chose n'allait pas dès que Kristof fit son entrée. Ses yeux avaient l'air sauvage, déconcentrés et en colère. Elle espérait que ce n'était que le personnage, mais elle savait. À son crédit, il jouait le rôle parfaitement, et Boh se rappela quel grand danseur il avait été.

Mais à l'approche de la scène du crime, elle commença à se sentir troublée. La façon dont il la touchait était rude, trop rude, même pour ce ballet violent, même pour le « Maître » obsédé par son élève. À l'approche du final, Kristof sortit le couteau de théâtre et dansa avec lui, le personnage de Boh devant lui, ne sachant pas ses intentions, alors qu'il dansait derrière elle.

Le moment arriva et Boh se retourna, voyant le couteau pour la première fois et reculant alors qu'il l'écorchait. Le couteau tailla l'air, puis comme il le prenait de l'autre côté, il entra dans son corps, lui tailladant le ventre.

Oh mon Dieu, non...

Douleur.

Boh s'éloigna de lui brusquement, restant dans le personnage, mais tournant pour s'éloigner. Elle vit les yeux de Lexie s'ouvrir sous le choc, puis Kristof la regarder fixement. Boh risqua un coup d'œil vers le bas. Du sang s'échappait du ventre sur son costume.

Le couteau était *réel*.

Boh tint bon – elle devait prendre le couteau de la main de Kristof ou elle était morte, pour de vrai. Kristof était gelé sur place, mais heureusement, Lexie improvisa et lui arracha la lame, son personnage le réprimandant. Dieu merci, Lexie, pensa Boh et elle continua à jouer la scène : en tournant, elle vit que Pilot était sorti de son siège, ses grands yeux terrifiés, mais subtilement elle secoua la tête vers lui. Elle « mourut », puis elle fut emmenée hors de la scène par Lexie et un Kristof stupéfait.

« Allez finir le ballet », leur dit-elle en sifflant, « ça va aller, je vais bien. »

Boh ne saurait jamais comment ils réussirent à terminer le ballet sans s'effondrer, elle attrapa vite une écharpe et la mit autour d'elle pour aller prendre son dernier rappel. Elle sentit la pointe, mais elle savait que ce n'était pas profond, que ça semblait pire que ça l'était.

Kristof tremblait violemment, quand ils quittèrent finalement la scène, il tomba à genoux, serrant la main de Boh. « Je ne savais pas, je ne savais pas... » répétait-il, presque hystérique, et Boh le croyait. Quelqu'un d'autre avait échangé le faux couteau contre un vrai. Quelqu'un voulait sa mort.

Liz, Nell, Céline et Grace se rassemblèrent autour d'elle, Liz appelant le secouriste de garde. Elle emmena Boh dans sa loge et la déshabilla, lui montrant la blessure. Boh grinça des dents lorsque le secouriste la nettoya. C'était une entaille de vingt centimètres sur son ventre, mais comme elle le pensait, ce n'était pas profond. « Vous pourriez avoir besoin de quelques points de suture dans les parties plus profondes, mais autrement...

– Je me sens vraiment bien. »

Ils furent interrompus par Pilot, anxieux, qui fit irruption dans la pièce. Ses yeux se posèrent immédiatement sur la blessure sanglante. « Jésus...

– Bébé, je vais bien, honnêtement. C'est juste une blessure superficielle. » Elle pouvait voir qu'il était sur le point de s'effondrer et se leva pour l'embrasser. Il tremblait tellement qu'elle le fit s'asseoir, puis se mit sur ses genoux pendant que l'infirmier finissait les points de suture sur son ventre. « Chéri, *respire*.

– Qu'est-ce qui s'est passé ? »

Boh soupira. « Quelqu'un a échangé le couteau accessoire contre un vrai. »

Pilot lui jeta un coup d'œil. « C'est quoi ce bordel ? »

La porte s'ouvrit. Ramona et Grace entrèrent dans la pièce. Elles avaient l'air aussi choquées que Pilot. « Ça va ? »

Boh acquiesça. « Oui, vraiment. Lexie... Elle va bien ?

– Bien. Secouée, mais bien. Qui a pu faire ça ? »

Le visage de Grace se ferma. « On n'en est pas sûrs... mais personne ne peut trouver Serena. »

Ils restèrent assis en silence pendant un moment alors que ces insinuations faisaient leur chemin. « Où est Kristof ?

– Croyez-le ou non, il a lui-même appelé la police. Il a dit à Liz et Nell qu'il simulait ses tests de dépistage de drogue, qu'il croit avoir été drogué avec autre chose que de la coke, et qu'il mérite d'être emprisonné pour ce qu'il a fait.

Boh poussa un cri. « Tu plaisantes ?

– Non. Pour ce que ça vaut, je pense qu'il est dévasté par ce qui s'est passé. Il n'arrête pas de demander comment tu vas. »

Boh remonta son justaucorps tandis que l'infirmière finissait son travail. « Je veux le voir.

– Non », Pilot se leva, secouant la tête. « Pas question. »

Boh mit sa main sur son visage. « Chéri, c'est bon, je vais bien. Il faut qu'on parle à Kristof, il sait peut-être quelque chose. »

KRISTOF MENDELEV ÉTAIT un homme brisé. Qu'était-il devenu ? Il raconta tout à la police pendant que Liz Secretariat l'écoutait, puis, avant qu'ils l'emmènent au poste pour d'autres interrogatoires, il remit sa démission à Liz.

« Je suis désolé, dit-il, sa voix se brisant, j'ai été arrogant et j'en ai payé le prix. Dites à Boh que j'espère qu'elle va bien.

– Dis-le-moi directement », dit Boh en entrant, aux côtés de Pilot Scamo, furieux. Kristof acquiesça d'un signe de tête, soulagé qu'elle ait l'air en pleine forme, comme ils le lui avaient dit.

« Boh, je ne sais pas ce qui s'est passé. J'ai merdé, j'étais drogué, mais je te jure que je ne savais pas que ce couteau était réel. » Il tendit la main pour toucher son ventre blessé, mais Pilot grogna et lui tapa la main pour l'éloigner.

« Ne *pense* même plus à la toucher, connard. »

Les épaules de Kristof s'affaissèrent et Boh posa une main sur le bras de son amant. « Pilot, c'est bon. Kristof, je crois que tu n'avais pas l'intention de me faire du mal. Mais nous devons savoir qui, et malgré le fait que je pense que nous savons tous qui, je veux l'entendre de toi. »

Kristof ferma les yeux pendant que Liz prit la parole : « Et j'ai besoin de savoir de qui tu utilisais l'urine pour passer les tests.

– Non », Kristof leva les yeux vers Liz, ses yeux calmes maintenant. « C'est moi qui avais tort. J'ai fait chanter la personne pour qu'elle fournisse un spécimen. Je ne veux pas qu'elle soit punie. C'est ma faute. »

Liz ne dit rien, les yeux durs. Boh soupira. « Ok, je vais dire ce que tout le monde pense. C'était Serena, n'est-ce pas ? »

Kristof soupira. « Je ne peux pas en être sûr. Mais... si j'ai été drogué avec autre chose que de la coke, alors oui, elle est la seule qui aurait pu avoir accès pour le faire.

– Et elle me déteste ». Boh eut un étourdissement et Pilot la guida sur une chaise. Boh se plia en deux, inspirant de l'oxygène dans ses poumons. « Je ne savais pas qu'elle me détestait assez pour vouloir me tuer. *Mon Dieu.*

– Boh, je suis désolé. » C'était une facette de Kristof qu'on n'avait jamais vue auparavant. « Écoutez, je vais tout dire à la police, faire ce que je peux pour aider. Je ne suis pas innocent et j'accepterai la punition qu'ils me donneront et même plus. Liz, je suis désolé. Toi, Boh, et la compagnie méritent mieux que moi. »

. . .

Aᴘʀᴇ̀s ǫᴜᴇ Kʀɪsᴛᴏғ fut emmené par la police, Pilot emmena Boh à la maison. Blair et Ramona étaient venues avec eux mais elles ne restèrent pas longtemps quand elles virent que les amoureux avaient besoin d'espace seuls.

Ramona serra Boh fort dans ses bras. « Je t'aime », chuchota-t-elle. « Repose-toi un peu. »

Après que Pilot les eut embrassés, il ferma la porte, tourna la clé, puis vint à elle, enveloppant ses bras autour d'elle. « Tu es sûre que ça va ?

– Je vais bien. » Elle profita de sa chaleur. « Ça ne me dérangerait pas de me plonger dans la baignoire. Tu viens avec moi ? »

Pilot posa ses lèvres contre les siennes. « Essaie de m'arrêter. »

Pendant qu'ils profitaient de l'eau chaude, Pilot lui lava les cheveux, massant l'après-shampooing dans ses longs cheveux foncés alors qu'elle se couchait contre sa poitrine.

« Dans toute cette confusion, dit-il doucement, je ne t'ai pas dit à quel point tu dansais bien. J'ai été époustouflé. »

Boh s'assit, se retournant pour lui sourire. « Ça t'a plu ?

– Est-il nécessaire de le demander ? Tu es une déesse, Boheme Dali, sur scène et en dehors. »

Elle sourit et prit sa main, la pressant contre son sein gauche. « Tu as mon cœur, Pilot Scamo. Ce soir, j'ai dansé pour toi et toi seul. »

Ils s'embrassèrent, les lèvres fermes contre les siennes et la bouche de Pilot se mit à sourire. « Boh ?

– Oui, bébé ? » murmura-t-elle contre ses lèvres et Pilot gloussa.

« Si on ne te rince pas les cheveux maintenant, tu seras bloquée avec l'après-shampooing dans tes cheveux parce qu'il n'y a aucune chance que dans quelques instants, on ne soit pas en train de baiser.

– Ha, grammaire alambiquée, mais d'accord. »

Se rinçant rapidement les cheveux, elle le chevaucha. « Touche-moi, Scamo. »

Sa main glissa entre ses jambes et commença à masser son clitoris et elle gémit, pressant ses lèvres contre son cou. Pilot glissa deux doigts dans sa chatte, cherchant son point G, et elle appuya son sexe contre sa main.

Ses propres mains se tendaient vers le bas pour caresser sa queue, si épaisse et lourde contre sa main, le bout de son doigt traçant une ligne sur la pointe sensible, faisant frissonner Pilot de plaisir. Sa main libre lui releva les cheveux au niveau de la nuque et tira son visage vers le sien pour qu'il puisse l'embrasser, sa langue contre sa langue. « Je veux être en toi, femme. »

Boh sourit et ils se mirent à bouger pour qu'elle puisse mettre sa queue au fond d'elle, soupirant joyeusement tandis qu'il la remplissait. Ils bougeaient doucement, et l'eau du bain autour d'eux clapotait sous leurs mouvements. Pilot suçait ses mamelons pendant qu'ils baisaient et Boh fermait les yeux, se livrant au doux plaisir de tout cela.

PLUS TARD, au lit, Pilot l'approcha de lui, son bras passé autour d'elle pour la protéger. Boh ferma les yeux mais n'arriva pas à dormir, trop excitée par tout ce qui s'était passé. C'était vraiment moins une. Il devait beaucoup à Lexie pour avoir enlevé ce couteau à Kristof, mais elle ne croyait vraiment pas que Kristof voulait lui faire du mal, même s'il était complètement drogué. Ce qui laissait Serena. Boh était encore sous le choc du fait que Serena pouvait aller jusqu'à vouloir la tuer. La jalousie était une chose puissante.

DANS TOUTE LA VILLE, Eugénie écoutait les excuses de Serena pourquoi Boheme Dali était encore en vie et ne ressentait que de la rage. « Espèce de petite salope stupide... tu m'avais assuré que ça marcherait.

– J'ai fait tout ce que j'étais censée faire, et maintenant j'ai besoin que tu fasses ta part du marché. Je dois quitter la ville.

– Ce n'est pas mon problème. »

Serena siffla. « Je pourrais aller à la police et tout leur dire, n'oublie pas ça, espèce d'abrutie. Je suis sûre que ton ex-mari adorerait savoir que tu as essayé de tuer son amante. »

Eugénie renifla. « Le seul problème, c'est qu'il saura que si je la voulais morte, elle le serait. C'est pourquoi je ne devrais pas travailler avec des amateurs. Je m'en occuperai moi-même.

– Et moi ? »

Eugénie sourit. « Si j'étais vous, Mlle Carver, je quitterais la ville avant que la police, ou moi, vous rattrape. »

En entendant le clic à l'autre bout du fil, Serena sourit. L'appel avait été enregistré sur son téléphone maintenant. *Destruction mutuelle assurée*, pensa-t-elle. Serena avait pris autant d'argent de son compte que possible et avait saisi ce qu'elle pouvait vendre dans l'appartement de Kristof, en préparation il y a des jours, mais il était impossible pour elle de quitter la ville sans faire chuter tout le monde avec elle.

Elle mit son téléphone dans sa poche et vida le reste de son café. Elle sortit de la cafétéria dans la nuit et se mit devant le passage pour piétons.

Elle ne vit pas la voiture qui visait droit sur elle et la faucha avant de s'arrêter. Serena fut écrasée sous les roues avant, alors que les gens autour d'elle commençaient à crier, le chauffeur sortit et récupéra le téléphone de Serena sur elle. Alors qu'elle haletait, sa poitrine écrasée, sa jambe droite presque coupée par l'énorme 4x4, le conducteur la fouilla puis remonta dans la voiture sans dire un mot et s'enfuit à toute vitesse.

Alors que Serena se vidait de son sang, sa dernière pensée fut que la psychose d'Eugénie dépassait de loin tout ce qu'elle avait connu, et que quelque part au fond d'elle, elle était désolée pour Boh et Pilot, sachant qu'ils n'auraient jamais un instant de paix tant qu'Eugénie Ratcliffe-Morgan était en vie.

CHAPITRE VINGT-DEUX

« **M**orte ? »
L'inspecteur hocha la tête. « Sur les lieux. Délit de fuite pour autant qu'on sache. On interroge des témoins. » Il regarda Boh avec sympathie. « Je sais que vous auriez préféré que Mlle Carver soit traduite en justice. »

Boh acquiesça. « Je n'aurais jamais souhaité sa mort. »

Pilot, à côté d'elle, fit un bruit. « En toute honnêteté... bon débarras. Je doute que quelqu'un la pleure. »

Boh savait qu'il était en colère, mais elle lui serra la main. « C'est fini maintenant. » Elle regarda l'inspecteur. Il était venu les voir à la compagnie de ballet où Boh et Pilot avaient été invités à assister à une réunion avec la direction de l'entreprise. Liz, Céline, Nell et même le fondateur, Oliver Fortuna, un majestueux Anglais d'une soixantaine d'années, étaient assis à écouter en silence quand l'inspecteur avait annoncé la mort de Serena.

L'inspecteur leur dit au revoir. « Si nous avons d'autres informations, nous vous tiendrons au courant. »

. . .

LIZ LEUR DIT à tous que le conseil d'administration avait nommé Grace nouvelle directrice artistique de la compagnie de ballet, à compter de maintenant. « Nous avons besoin de stabilité maintenant, après tout ça. Le spectacle de Kristof a été très bien accueilli, mais nous serions naïfs de penser que ce qui s'est passé ne sera pas dans les journaux. Randall McIntosh est déjà en train de fouiner. Il a remarqué quelque chose, malgré votre excellent travail de camouflage avec Lexie. » Liz sourit à Boh. « Vu les circonstances, tu as été une guerrière, Boh. Comment te sens-tu ?

– Honnêtement ? Plutôt engourdie. Physiquement, bien, vraiment. Lexie...

– Elle va bien, secouée. On lui a donné le reste de la semaine, mais elle est en studio avec Grace ce matin. »

Boh sourit. « C'est bien elle. » Elle regarda timidement Oliver Fortuna. « M. Fortuna, Lexie est une danseuse exceptionnelle, et son éthique de travail est inégalée. J'espère que nous pourrons en tenir compte dans nos discussions sur son avenir avec notre compagnie. »

Oliver sourit. « Bien sûr que oui, Boh. » Il regarda Pilot. « Nell m'a montré une partie du travail que vous avez fait. Sensationnel. Nous aimerions continuer à travailler avec vous, si vous en avez le temps et la capacité. »

Pilot acquiesça d'un signe de tête reconnaissant. « Je vous remercie. J'en suis honoré. »

– Nous attendons tous avec impatience votre exposition de vendredi et, personnellement, j'aimerais faire un don à la Fondation Quilla Chen, poursuivit Oliver. Maintenant, avant que vous ne vous emballiez, je pense qu'on pourrait organiser des spectacles qui profiteraient à la Fondation... croyez-le ou non, je ne suis pas si riche.

– Toute contribution aiderait, merci. » Pilot regarda Liz. « Mais j'ai cru comprendre que certains financeurs de la Compagnie devenaient nerveux ? »

Liz soupira. « Avec le suicide d'Oona, l'accident d'Eleonor – mes excuses, Céline – et maintenant ça... »

Pilot acquiesça d'un signe de tête. « Liz, Oliver... la famille Scamo s'assurera que vous n'aurez jamais à vous soucier du financement de

cette compagnie. Nous comblerons tout manque à gagner et contri-
buerons un supplément si nécessaire. »

Oliver et Liz avaient l'air stupéfaits. Nell sourit à son vieil ami.
« J'aurais dû le savoir.

– Que voulez-vous en échange ? »

Pilot eut l'air surpris par la question d'Oliver. « Rien. À part... bien
traiter vos danseurs. C'est tout ce que je demande. » Il serra la main
de Boh.

PILOT S'ASSIT avec Boh alors qu'elle se changeait en justaucorps et
chaussons. Les vestiaires étaient vides : le samedi matin, la plupart
des danseurs avaient un jour de congé. Ils passèrent devant le studio
où Grace et Lexie répétaient, ou plutôt bavardaient, et passèrent
quelques instants avec leurs amies.

« Je sais que je devrais profiter de ce temps pour me reposer, dit
Boh, mais je veux vraiment danser. Juste pour une heure ou deux.
M'entraîner pour ton exposition. » Elle toucha son appareil photo.
« Tu peux utiliser ça ou juste regarder, si tu veux.

– Je veux bien. »

Il s'assit contre le miroir. Boh réalisa qu'elle se sentait toujours
plus calme quand il était près d'elle, quand il la regardait. Elle avait
quelqu'un à qui elle pouvait transmettre la passion qu'elle ressentait
quand elle dansait. Alors que la belle musique jouait, elle utilisa le
beau visage de Pilot pour se concentrer, son corps se penchant vers
lui, aspirant et aimant.

Quand elle eut fini, il l'applaudit, et elle put voir à quel point il
était ému. Elle alla s'asseoir à côté de lui et il l'embrassa. Elle sourit et
joua avec ses boucles. « Joli garçon. »

Pilot rit. « Boh, *Mon Dieu*, c'est un privilège de te voir danser. »

Elle s'appuya contre lui. « C'est un honneur de te connaître, Pilot
Scamo. Tu fais ressortir ce qu'il y a de meilleur en moi.

– On fait ça l'un pour l'autre, je crois.

– Tu as raison. »

On frappa à la porte et Elliott, pâle et faible, passa sa tête par la porte. Boh et Pilot se levèrent en trombe. « Hé, El, entre. »

Toujours avec des béquilles, il s'approcha. « Je peux vous parler à tous les deux ? C'est important. »

UNE HEURE PLUS TARD, ils étaient de retour dans le bureau de Liz. Cette fois, c'est Céline qui avait l'air pâle. Après qu'Elliott leur eut raconté comment Eleonor l'avait surpris avec Kristof dans les toilettes, il leur expliqua comment Kristof lui avait dit que Serena avait su et avait offert de « régler » le problème. Le choc d'apprendre que la mort d'Eleonor n'était pas accidentelle était palpable, mais Céline hochait la tête.

« Je me demandais si quelqu'un l'avait emmenée sur le toit. Ce n'était pas un de ses chemins habituels quand elle était confuse. Je croyais sincèrement que personne ne voudrait blesser mon amour... mais maintenant nous savons que Serena Carver était une psychopathe. » Elle regarda Boh. « Dieu merci, elle n'a pas réussi une seconde fois. »

Pilot était sur les nerfs. Boh pouvait sentir la tension dans son corps, mais quand il parla, sa voix était calme. « Ce que je ne comprends pas, c'est comment quelqu'un comme ça pourrait exister dans cet environnement, où tout est partagé. Les gens se promènent exposés, physiquement et mentalement, et personne n'a vu la folie en elle ? Et pour sa famille ?

– Distante. »

Pilot soupira. « Céline, toutes mes condoléances. Je veux juste comprendre pourquoi Eleonor est morte et pourquoi Boh a failli être assassinée hier soir.

– Je pense que c'est pour tous pareil », dit Liz. « Mais maintenant que Serena est morte, on ne le saura jamais. Il faut aller de l'avant. » Elle regarda Elliott, dont les épaules s'affaissèrent. « Et j'ai besoin de parler à Elliott seul quelques minutes. »

Boh serra l'épaule d'Elliott en quittant la pièce, puis elle et Pilot rentrèrent chez eux à pied.

« Tant de dégâts », dit-elle, et Pilot hocha la tête.

« On va s'en sortir, bébé. »

Elle lui sourit. « Je sais, je sais. Je t'aime. »

Il passa le dos de sa main sur son visage. « Comme je t'aime. Viens. Allons déjeuner, ensuite, tu pourras peut-être m'aider au travail.

– J'adorerais. »

L'AVANTAGE d'être super riche, pensait Eugénie, c'est qu'on pouvait se permettre une flotte de détectives privés pour traquer son ex-mari et savoir ce qu'il faisait chaque seconde de chaque jour.

Maintenant, alors que son détective diffusait sa vidéo en continu, elle regardait Pilot et sa danseuse se rendre à pied à son studio – le studio dont il pensait que Génie ne savait rien. La fille Carver, maintenant heureusement réduite au silence – quelle amateur ! – avait échoué dans sa mission de tuer Boheme Dali, alors Eugénie devait intervenir.

Et, Dieu merci, elle savait comment elle allait agir. La semaine prochaine, à la même heure, deux autres vies seraient détruites, mais la sienne serait la plus heureuse qu'elle ait jamais eue.

Elle avait hâte.

CHAPITRE VINGT-TROIS

G rady Mallory présenta Boh à sa femme, Flori, et à deux amis qui les avaient accompagnés. « Boh, Pilot, voici Maceo et Ori Bartoli. Pilot, Maceo veut montrer cette exposition en Italie. *Discutez-en*. » Grady finit en souriant pendant que Maceo et Pilot riaient et se serraient la main.

Flori emmena Boh et Ori boire un verre. « C'est la partie ennuyeuse. Écoute, je sais que Quilla sera bientôt là, alors commençons à boire. »

Boh gloussa. Les deux femmes étaient très amusantes, mais l'attention de Boh était toujours attirée par son amant, fêté par ses pairs, la presse, les critiques d'art. L'exposition avait ouvert il y a une heure, et Boh s'était tout juste habituée à ce que ses parties les plus intimes soient exposées au public.

Elle devait admettre que Pilot avait photographié son nu de telle manière qu'il n'était pas du tout vulgaire. C'était vraiment une collaboration entre elle et lui – Pilot n'était peut-être pas sur les photos en soi, mais il était là avec elle à chaque prise de vue.

Il y avait une photo d'eux, une petite photo pour la biographie de Pilot à la fin de l'exposition. Tous les deux riaient, leurs fronts l'un contre l'autre, et il y avait tellement d'amour entre eux. Boh avait fait promettre à Pilot de ne pas vendre cette photo.

« J'ai l'original sur mon ordinateur », il s'était moqué d'elle, mais il avait promis.

« Je ne veux pas que quelqu'un d'autre ait cette photo. C'est nous. C'est tout ce qu'on a traversé ensemble. »

Pilot avait déjà reçu des offres de gens, mais il voulait attendre jusqu'à ce qu'il ait montré l'exposition dans le monde entier. Boh savait que Maceo Bartoli était important dans le monde de l'art européen, l'équivalent des Mallory aux États-Unis, et qu'un tour du monde serait l'occasion de redonner confiance à Pilot dès maintenant.

Et elle serait à ses côtés à chaque instant.

QUILLA CHEN MALLORY était une femme d'une beauté stupéfiante, pensa Boh, et l'une des plus belles personnes qu'elle n'ait jamais rencontrées. Quand la directrice de la fondation arriva avec son mari Jakob, elle fit le tour de l'exposition, bras dessus bras dessous avec Boh et leur parla de chaque photographie en détail. Boh vit Ori et Floriana saluer les deux par une embrassade – de vieilles amies bien sûr – mais elle prit quand même en compte Boh dans leurs conversations. Elle les présenta à ses amies du ballet, et bientôt Boh se sentit comme si elle les avait connues depuis des années.

Quilla, ses jolis yeux en amande scintillant, attira Boh sur le côté. « Ma belle, ces photographies sont époustouflantes. J'espère que vous et Pilot continuerez à collaborer. Je ne l'ai jamais vu aussi enflammé. Grady et moi étions un peu inquiets qu'il ait perdu son mojo ces dernières années.

– Je pense que c'était principalement ce qui se passait dans sa vie privée. »

Quilla hocha la tête, son sourire s'estompant. « Oui. J'ai eu le malheur de rencontrer Eugénie plusieurs fois. Vile femme. Je n'ai jamais compris ce qu'il voyait en elle. » Elle serra la main de Boh. « Mais il a la bonne maintenant. »

Elle regarda le public, tous apparemment enchantés par les photos exposées. « Ça a l'air d'être un succès.

– Et il y en a d'autres », dit Grady, arrivant derrière avec Pilot, rayonnant. « J'ai déjà entendu le critique du *Times* parler – de grands prix ont été mentionnés. Félicitations, mec. Tous les deux. »

Pilot mit ses bras autour de Boh, cachant son visage dans ses cheveux. « Merci », chuchota-t-il, la voix pleine d'émotion. « Tout ça, c'est grâce à toi. »

Boh secoua la tête. « Non, bébé, c'est ta soirée.

– Notre soirée », insista-t-il et elle gloussa.

« D'accord, *notre* soirée. » Elle vérifia sa montre. « C'est presque l'heure de danser. Je ferais mieux d'aller me préparer.

– Je viens avec toi. »

Boh sourit, sachant exactement ce qu'il avait en tête et alors qu'ils s'échappaient dans sa loge, Pilot verrouilla la porte et la prit dans ses bras. Boh lui sourit en l'embrassant. « Vous vous sentez joueur, M. Scamo ?

– Tu sais bien. »

Ils firent l'amour rapidement dans la loge exiguë, riant et célébrant. « Mon Dieu, je t'aime, Boheme Dali.

– Tu es mon monde, bébé. Mon monde entier. »

Ils se rhabillèrent et Boh enfila son costume, une belle robe flottante, faite pour elle par Arden, à la compagnie. Elle avait des couches de soie légère qui flottaient autour de son corps pendant qu'elle dansait, dans divers tons de bleu et de gris.

Ils marchèrent main dans la main jusqu'à la petite scène et attendirent que Pilot soit annoncée par Quilla. Il ferait un petit discours et présenterait ensuite la danse de Boh.

Quilla parla quelques minutes, puis, sous un énorme tonnerre d'applaudissements, Pilot monta sur scène.

« Merci, merci. Je suis submergé par tes aimables paroles, et par votre présence ce soir. Je dois être honnête. Je ne pensais pas pouvoir faire une autre exposition un jour. Ces dernières années, j'ai douté de moi-même, de ma passion et même de ma volonté de continuer. Tout cela a changé il y a six semaines, lorsque j'ai rencontré la femme sur les photos. J'ai trouvé en Bohème Dali inspiration, confiance, vie et amour. Nous sommes vraiment partenaires – quelque chose que je n'ai jamais eu auparavant. C'est Boh qui devrait recevoir toutes les félicitations ici, et je suis ravi de dire qu'elle a accepté de danser pour nous. Je sais que vous tomberez amoureux d'elle, comme je l'ai fait. Mesdames et messieurs, Boheme Dali, première danseuse. »

Les yeux de Boh étaient pleins de larmes quand elle monta sur scène. « Je t'aime », dit-elle à Pilot, qui sourit et embrassa sa joue.

« Éblouis-les, bébé. Je t'aime. »

Il quitta la scène et Boh prit sa position. Elle n'eut pas les nerfs à fleur de peau quand elle commença à danser, son esprit étant complètement concentré à traduire ses sentiments pour Pilot en danse. Son corps était aussi léger que l'air et quand elle eut fini, il lui fallut quelques secondes pour entendre l'enthousiasme du public qui applaudissait.

« Waouh », dit Quilla, revenant sur scène et embrassant Boh. « C'était si beau, Boh, merci. Incroyable. »

Pilot vint prendre la main de Boh et ils retournèrent au vestiaire, incapables d'arrêter de se regarder. Tandis que Boh remettait sa robe, Pilot prit ses mains.

« Épouse-moi », dit-il simplement, les yeux pleins d'émotion. « Je n'aurais jamais pensé dire ça encore une fois à quelqu'un. J'étais déterminé à ne pas le faire. Mais te trouver, Boh... Je sais que c'est très rapide, et si tu dis non, je le jure, il n'y a aucune pression...

– Mec, calme-toi », dit Boh, sa voix tremblant, souriant au moment répété où il lui avait demandé d'emménager avec lui. « Calme-toi. » Sa voix se cassa. « Oui », dit-elle, les larmes aux yeux. « Oui, Pilot Scamo, je vais t'épouser. Bien sûr que je vais t'épouser ! »

Il la souleva et la fit tourner en l'air, tandis qu'ils éclataient tous deux de rire. Finalement, il la reposa. « Tu fais vraiment de moi l'homme le plus heureux de la Terre.

– Moi aussi. Je veux dire, la femme la plus heureuse. Je n'ai pas de bite secrète. » Boh rigolait et Pilot riait aussi.

« Tu es sûre ?

– Oui. Je n'ai vraiment pas de zizi. »

Pilot rejeta la tête et rit. « Non, imbécile, tu es sûre de vouloir épouser ce vieil homme ?

– Pas si vieux. Et, oui. Mon Dieu, *oui*, essaie de m'en empêcher.

– Ha, je n'essaierai même pas. Nous sommes *fiancés*. »

Boh l'embrassa et ils commencèrent à retourner à la soirée. « Comme nous sommes adultes.

– N'est-ce pas ? »

De retour à la fête, ils annoncèrent à Blair et à Ramona leurs fiançailles et toutes deux furent ravies. « Dieu merci », dit Blair en embrassant la joue de Boh. « J'espérais bien qu'il te passerait la bague au doigt. »

Ils rirent tous, et Ramona s'amusa à frapper le bras de son frère. « Hé, j'ai oublié de te donner ça plus tôt. Un petit cadeau pour ta soirée. » Elle lui tendit un petit paquet et il l'ouvrit pour révéler un carré de poche, sur le coin, magnifiquement cousu, était le mot : *Perdant*.

Pilot se mit à rire pendant que Ramona souriait. « Merci, sœurette. » Il le glissa dans la poche de son costume, s'assurant que le mot brodé était bien visible. Boh sourit, secouant la tête : « Dans quel genre de famille folle je me marie ? »

Blair fit semblant d'être insultée, puis sourit à Boh. « Trop tard, tu as dit oui. Viens, allons chercher du champagne. C'est une soirée spéciale. »

LA FÊTE continua tard dans la nuit et Boh se retrouva à parler à tous ceux qui semblaient être venus. Ils la félicitaient pour les photos et pour sa danse et à une heure du matin, sa tête tournait. Quilla vint la trouver pour lui dire au revoir. « J'ai laissé Jakob à l'hôtel pour garder les enfants et ils ont eu *bien trop* de sucre. » Elle embrassa Boh. « La prochaine fois que tu viens à Seattle, ou qu'on vient ici, promets-moi qu'on dînera ensemble et qu'on se rattrapera.

– Promis. »

Boh voulait trouver Pilot et lui dire qu'elle avait le béguin pour

Quilla, sachant que ça le ferait rire, mais elle ne pouvait pas le trouver. Elle demanda à Grady où était son amant.

« Il a juste dû retourner au studio et prendre quelques photos d'origine demandées par la galerie. Pas de problème. Il a essayé de te trouver mais m'a demandé de te dire qu'il revenait tout de suite.

– Oh, d'accord, merci, Grady. »

Grady fit un signe de tête en direction de l'exposition. « Ça va le mettre au sommet, tu sais. On a eu des appels de galeries du monde entier. Maceo l'a déjà prévu à Venise et à Rome.

– C'est ce qu'il mérite », dit Boh avec tendresse et Grady tapa son verre contre le sien.

« Amen, ma sœur. »

Une heure plus tard, Boh ne trouvait toujours pas Pilot. Elle essaya son portable, mais elle tomba directement sur la messagerie vocale. Blair et Ramona vinrent dire au revoir et trouvèrent Boh fronçant les sourcils. « Tout va bien ?

– Je ne trouve pas Pilot. » Elle expliqua où il était allé.

Ramona se mordit la lèvre. « Je suis sûre qu'il est dans le coin… » Elle s'éloigna et regarda par-dessus l'épaule de Boh, par la fenêtre de la galerie.

Blair et Boh se retournèrent et virent Eugénie qui se tenait dehors, les regardant fixement. Il y avait une torsion cruelle à son sourire quand elle regarda Boh directement et Boh sentit son pouls s'accélérer. C'est quoi ce bordel ?

« Mlle Dali ? Cela vient d'arriver pour vous. » Une assistante de la galerie lui tendit une enveloppe rembourrée et Boh la prit. Elle l'ouvrit et mit la main à l'intérieur, sentant quelque chose de collant ; elle la sortit et poussa un cri. Du sang. Un morceau de coton imbibé de sang. Alors que son cœur battait lourdement contre sa poitrine, elle le retourna et lut le seul mot brodé.

Perdant.

Non. Mon Dieu, non. Elle leva les yeux pour voir Eugénie lui sourire, puis se tourner et disparaître dans la nuit.

« Non, non, non, non, s'il vous plaît, non… » Boh commença à courir. « Appelez le 911 », cria-t-elle en direction de Blair et de Ramona, sous le choc. « Envoyez-les au studio de Pilot ! »

Puis elle sortit dans la nuit, courant à travers la ville, ignorant les regards étranges qu'elle recevait des passants. Elle courut les quelques pâtés de maisons jusqu'au studio et y entra. « Pilot ! »

Elle fouilla le studio, sachant ce qu'elle allait trouver, mais quand elle le vit, elle sut qu'elle n'aurait jamais pu être prête. Malgré la couleur noire de son costume, elle pouvait voir le sang, les coups de couteau dans le haut de son dos. Elle tomba à ses côtés et essaya de le retourner. Il était allongé dans une mare de sang et au début, elle ne savait pas où il avait été poignardé. Elle écoutait son souffle, essayant de calmer ses propres soupirs d'horreur. Il respirait – à peine.

« Bébé, s'il te plaît, accroche-toi, s'il te plaît, s'il te plaît... » Elle entendit des sirènes s'approcher et une minute plus tard, Ramona, Blair et Grady firent irruption dans la pièce alors que Boh essayait désespérément de garder le sang dans le corps de son amant.

Elle les regarda, les larmes coulant sur son visage. « Elle l'a poignardé... elle l'a poignardé... non, non, non, s'il te plaît, Pilot, ne pars pas, reste avec moi... *reste avec moi...* »

CHAPITRE VINGT-QUATRE

V *ide.*
C'est ainsi que Boh se sentait lorsqu'ils attendaient dans la salle d'attente à l'hôpital. Elle avait vu les regards lourds des ambulanciers alors qu'ils se battaient pour sauver la vie de Pilot... ça s'annonçait mal.

Quand ils ouvrirent sa chemise, Boh vit les coups de couteau dans sa poitrine. Trop près de son cœur. Eugénie avait été impitoyable. La police cherchait la jeune blonde maintenant, après que Boh et Blair leur avaient dit qu'elles n'avaient aucun doute : Eugénie avait fait cela. Elle avait tout planifié : appeler la galerie pour demander les clichés originaux, sachant que Pilot n'enverrait pas quelqu'un d'autre, sachant qu'il irait les chercher lui-même. Elle l'avait attendu, puis l'avait attaqué. Ses bras et ses mains étaient couverts de coupures, de blessures défensives, mais Eugénie avait eu l'effet de surprise.

Boh n'arrêtait pas de l'imaginer, le couteau s'enfonçant dans le dos de Pilot, puis, alors qu'il tombait, cette femme démon sur lui, le poignardant encore et encore.

Mon Dieu, s'il te plaît, Pilot... s'il te plaît, bats-toi. Bats-toi.

Ramona, son exubérance habituelle disparue, son visage pâle, mit soudain le son sur la télévision.

« Une nuit de triomphe et de terreur pour le photographe de renommée mondiale Pilot Scamo... Après le triomphe de sa nouvelle exposition, *Boh, par Scamo*, le quadragénaire est maintenant à l'hôpital, se battant pour sa vie après avoir été poignardé dans son studio. La police doit encore le confirmer mais on dit que l'ex-femme de M. Scamo, Eugénie Radcliffe-Morgan, est un suspect dans ce crime horrible, une semaine après que la muse et amante de M. Scamo, la danseuse de ballet Boheme Dali, avait été blessée pendant une représentation.

« Éteins ça, s'il te plaît. » Boh mit sa tête dans ses mains quand elle entendit Ramona éteindre la télévision. Elle sentit Blair mettre ses bras autour d'elle.

« Il va s'en sortir. Mon fils sait se battre. » Mais elle n'avait pas l'air convaincue. Boh la serra fort dans ses bras.

« Donne-moi cinq minutes avec cette salope et je m'assurerai qu'elle ne fasse plus jamais de mal à personne. » Ramona était furieuse et blessée, Boh le savait. Elle essaya de sourire à sa presque belle-sœur.

« Prends un ticket », dit-elle.

Elles restèrent attendre des heures puis, enfin, un chirurgien vint les voir. Bien qu'il se fût changé, il y avait une tâche de sang sur sa blouse, rouge foncé, et Boh ne pouvait pas en détacher ses yeux. Son sang. Le sang de Pilot. Oh mon Dieu...

« Nous l'avons stabilisé, mais la récupération sera longue... s'il s'en remet dans les prochains jours. Le couteau a pénétré son cœur, mais nous pensons avoir réussi à le réparer. Il se bat, ce qui est bien, mais je m'attends à ce qu'il reste inconscient pendant quelques jours. » Il s'assit à côté d'elles. « C'est une bonne chose – ça donne à son corps la chance de récupérer. Il est en bonne condition physique, le bon poids pour son âge, et évidemment en forme. C'est positif, mais nous devons être prudents. Ses blessures sont graves, et il reste un patient critique.

– On peut le voir ? »

Le docteur caressa la main de Boh. « Seriez-vous contrariée si je vous demandais d'attendre qu'il soit sorti des soins intensifs ? Une heure ou deux, et vous pourrez vous asseoir avec lui.

« Merci, docteur. » Blair hocha la tête et Ramona lui serra la main.

LES TROIS FEMMES eurent le droit de voir Pilot une heure et demie plus tard. Blair et Ramona s'assirent d'un côté tandis que Boh s'asseyait de l'autre, lui tenant la main. Il était si calme, ses boucles sombres et plates contre sa peau, habituellement si olive et basanée, maintenant pâle et vidée. Boh se pencha et embrassa ses lèvres fraîches. « Je t'aime », chuchota-t-elle. « Reviens-moi, s'il te plaît. »

APRÈS DEUX JOURS, Blair fit rentrer Boh à la maison pour prendre une douche et dormir. « Je t'appellerai dès qu'il se passera quelque chose », promit-elle en dirigeant fermement Boh dans un taxi.

À la maison, Boh sentit le silence résonner dans leur appartement, le vide qu'elle ressentait à l'intérieur d'elle la submergea et elle s'effondra, se blottit sur le sol du salon et sanglota, laissant sortir toute sa douleur. Tandis que ses sanglots se calmaient enfin, elle tomba dans un sommeil agité et épuisé.

Se réveillant quelques heures plus tard, elle traîna son corps endolori sous la douche et resta sous l'eau chaude pendant de longues minutes. Elle avait à peine mangé depuis que Pilot avait été poignardé, et maintenant elle ressentait le besoin de manger quelque chose. Pilot aurait besoin qu'elle soit forte pour lui pour les prochains mois maintenant.

Elle vérifia ses messages vocaux, écouta tous ses amis qui avaient appelé pour lui demander des nouvelles de Pilot, lui disaient à quel point ils étaient désolés. Elle les rappellerait plus tard – ça la distrairait lorsqu'elle serait avec Pilot. Dieu. C'était l'enfer de le regarder, incapable de lui parler, sachant qu'il était dans une telle douleur. Elle voulait prendre toute cette douleur en elle et le sauver de ça.

Son téléphone sonna alors qu'elle cuisinait des œufs brouillés et elle l'attrapa, espérant voir le nom de Blair ou de Ramona.

« Mlle Dali ?

– Oui ?

– Ici Jack Grissom, inspecteur de la police de New York. » C'était le détective qui s'était présenté sur les lieux du crime – il avait été gentil et poli.

« Bonjour... » Son cœur commença à battre rapidement. « Inspecteur, dites-moi qu'il y a de bonnes nouvelles.

– Nous l'avons. Nous avons Eugénie Radcliffe-Morgan. »

Le soulagement fut écrasant et Boh essaya d'empêcher ses mains de trembler. « A-t-elle admis avoir poignardé Pilot ?

– Elle a pris un avocat et ne parle pas du tout, mais ses mains sont couvertes de coupures. Elle est coupable, certainement. On l'a empêchée de quitter le pays. Son avion privé l'attendait à Teterboro. Elle était assez arrogante pour croire qu'on ne la rechercherait pas. » Il avait l'air aussi en colère que Boh.

« Je veux lui parler.

– Je ne peux pas permettre ça, j'en ai peur, pas tant qu'elle est interrogée. On va l'inculper et la transférer en prison. Vous pourrez la voir là-bas, mais je ne peux pas garantir qu'elle acceptera de vous rencontrer.

– Va-t-elle être libérée sous caution ?

– Pas si je peux l'empêcher. Elle a déjà prouvé qu'elle risquait de s'enfuir et la nature de ses crimes... nous pensons qu'elle a aussi organisé le meurtre de Serena Carver. Nous avons prouvé qu'elles travaillaient ensemble. »

Prise de conscience de Boh. « Je ne suis pas surprise. » Elle parla un peu plus longtemps à l'inspecteur puis le remercia.

Boh marcha dans l'appartement, son esprit tourbillonnant. Voulait-elle vraiment voir cette salope ? Non. Tout ce qu'elle voulait, c'était mettre ses mains autour de la gorge d'Eugénie et lui arracher la vie... non. *Contrairement à toi, Génie,* pensa-t-elle, *je ne peux pas tuer une autre personne, pas même toi.*

Boh sursauta quand quelqu'un frappa à sa porte et quand elle l'ouvrit, elle vit Ramona, rouge et essoufflée par sa course. Ramona attrapa sa main.

« Tu dois venir maintenant », dit-elle en respirant fort. « Il est
réveillé. »

CHAPITRE VINGT-CINQ

Pilot vit son visage et c'était comme une dose de morphine pure à travers son corps endolori. « Salut, jolie fille. »

Le visage de Boh était mouillé de larmes quand elle l'embrassa. « Pilot, Pilot... » Elle semblait étouffée par ses paroles et elle se mit à pleurer.

« Hé, hé, hé, je vais bien. » Les tubes dans ses bras l'empêchaient de lui tendre la main, mais il réussit à lui caresser la tête. « Ça va, bébé, vraiment. »

Boh se ressaisit, serrant ses mains. « Désolée, bébé... comment te sens-tu ? »

– Un peu groggy, mais en fait ça va. Je suppose que ce sont les médicaments. » Il lui sourit. « Mon Dieu, tu es encore plus belle que la dernière fois que je t'ai vue.

– Ce *sont* les médicaments », gloussa-t-elle en riant, s'essuyant le visage. Elle lui caressa les cheveux du front, son sourire s'estompa. « Pilot... c'était *elle* ? C'était Eugénie ? »

Il hocha la tête. « Ouais. Pourquoi je ne l'ai pas vue venir ?

– Aucun de nous ne l'a vue. Ils l'ont arrêtée, et ils sont presque sûrs qu'elle est coupable, qu'ils obtiendront une condamnation. Elle va essayer de négocier un arrangement, mais l'inspecteur dit qu'ils vont tout faire contre elle. »

Pilot acquiesça d'un signe de tête. « D'accord. Bien. » Il soupira. « Peut-être qu'on peut enfin croire que c'est fini ?

– Je l'espère, bébé. »

Pilot la fit se baisser pour qu'il puisse embrasser ses lèvres. « Dès que je sors d'ici, je t'épouse, Boheme Dali. Je ne peux plus attendre une minute pour commencer notre vie ensemble.

– Moi non plus... et j'ai quelque chose à te dire. »

Pilot interrogea ses yeux. « Qu'est-ce qu'il y a ? »

Boh avait les larmes aux yeux. « Je ne sais pas comment c'est arrivé, on a toujours utilisé un préservatif... mais je suis enceinte. »

Le sourire de réponse de Pilot s'étendit sur son beau visage. « Mon Dieu... quand on parle de ce qui *doit* arriver.

– Je sais. Quand j'ai fait le test ce matin, je ne pouvais pas le croire, mais maintenant... c'est un signe, Pilot.

– Je t'aime tellement, Boheme, et j'ai hâte que notre petit cogneur naisse. »

Boh se mit à rire et à pleurer en même temps. « Six semaines. Six semaines et nos vies sont si différentes. Et malgré tout... Je suis si heureuse, Pilot. S'il te plaît, guéris vite... »

Pilot lui tendit la main et elle se jeta dans ses bras, prudemment, ne voulant pas lui faire de mal. « À partir de maintenant », dit-il, alors que ses lèvres retrouvèrent les siennes. « À partir de maintenant, Boh, tout ira bien.

– Promis ? »

Il lui sourit. « Je te le promets... » et il l'embrassa de nouveau, sachant que c'était le premier moment du reste de leur vie....

Fin.

❀ Réalisé avec Vellum

Lightning Source UK Ltd.
Milton Keynes UK
UKHW021832160123
415467UK00005B/214